SÁKARA

ANA DÍAZ BARGE

SÁKARA

EDICIONES B
GRUPO ZETA

Barcelona • Bogotá • Buenos Aires • Caracas • Madrid • México D. F.
Montevideo • Quito • Santiago de Chile

1.ª edición: noviembre, 2010

© 2010, Ana Díaz Barge, para el texto
© Ediciones B, S. A., 2010
    en español para todo el mundo
    Consell de Cent 425-427 - 08009 Barcelona (España)
    www.edicionesb.com

Impreso en España - Printed in Spain
ISBN: 978-84-666-4538-6
Depósito legal: B. 35.123-2010

Impreso por LIBERDÚPLEX, S.L.U.
Ctra. BV 2249 Km 7,4 Polígono Torrentfondo
08791 - Sant Llorenç d'Hortons (Barcelona)

ARI

A veces los recuerdos de la infancia se te antojan tan remotos que casi parecen sueños. Yo tengo uno tan escondido en las brumas de mi memoria que apenas distingue las fronteras entre la realidad y la fantasía.

Soy muy pequeño y troto como un ciervo entre los árboles del bosque. Las hierbas sonríen a mi paso, las ramas salen a mi encuentro, los pájaros acompañan mi carrera con su vuelo. Me siento el rey del bosque y corro hacia la luz, hacia el claro, hacia la luminosa pradera que ese día, sin saber muy bien por qué, me atrae como un imán.

Apenas puedo contener la alegría cuando salgo de la maleza y el sol cae de lleno sobre mí. Me siento invencible y echo a galopar campo a través. Mis pies apenas rozan el suelo. Mis piernas se han vuelto ligeras y poderosas. Ante cada arbusto, cada obstáculo, salto tan alto que me siento volar.

Al final del prado distingo a mi abuelo y me lanzo en pos de él. Al descubrirme, echa a correr atropelladamente. Tan sólo veo su espalda. No lo entiendo, parece asustado. Le sigo, él grita. Monta de un brinco en su caballo, *Guijarro*, y lo espolea ansiosamente, como si quisiera huir de mí. Me enfado. ¿Acaso no soy su nieto?, ¿acaso me ve como a un apestado?

Me lanzo a perseguir la estela de viento del animal. «Pronto, muy pronto, le atraparé», me digo, porque *Guijarro*, que por lo general es tan rápido como una centella, ese día galopa con la pereza de un anciano. Si extendiera mis brazos casi podría rozar sus cuartos traseros.

Siento, de repente, un golpe en el costado, otro en la cabeza, uno más en la espalda. Pierdo el conocimiento.

Cuando la luz vuelve a mí, descubro que estoy atado en el establo de la cabaña de mis abuelos. Forcejeo con las cuerdas pero no consigo soltarme. Están demasiado prietas y yo ya no me siento invencible.

Miro alrededor y reconozco a varios hombres. Son los ancianos del pueblo. En las manos portan teas encendidas. Los reflejos de fuego revolotean en sus caras y proyectan sombras siniestras sobre mí.

Mi abuela llora en la oscuridad, tras las voces y los salmos. Mi abuelo mantiene los brazos caídos y al final de ellos, sus puños se contraen crispados. Me observa como si no supiese decidir qué sentimiento le inspiro, si repulsión, pena o rabia. Se vuelve y todos los hombres le siguen al interior de la cabaña. La puerta se cierra y me dejan a solas con mi abuela. Su llanto me desborda y lloro yo también. Siento el cuerpo tremendamente magullado. La sangre se ha secado en varios puntos; en otros, todavía fluye. Mi abuela no se atreve a acercarse a mí, y adivino que los otros se lo han prohibido. Aun así, sus lágrimas me reconfortan, porque me dicen que, en esa noche negra, al menos hay alguien que se compadece de mí.

Al llegar la medianoche, el abuelo regresa. Pasa por delante de mí sin mirarme. Ata el caballo al carro y coloca, en la parte de atrás, un saco lleno de patatas, hogazas y tocino. Se acerca y me observa durante un buen rato. Su mirada cae sobre mí desde tan arriba, desde tan lejos de su corazón, que da miedo. Recuerdo que por las venas de ese hombre, que se hace llamar mi abuelo, no corre mi misma sangre, que es tan sólo el marido de mi abuela, y me estremezco aún más. Sus ojos no prometen paz; son ojos de guerra.

La abuela entra en el establo y el abuelo, que no es mi abuelo ni podrá serlo jamás después de esa mirada, despierta de su trance y me desata. Con movimientos bruscos, me empuja hacia la parte de atrás del carro y me hace subir a empellones. Vuelve a atarme. Se despide silenciosamente de su mujer con una mirada ceñuda. El látigo restalla en el aire y el caballo fustigado sale disparado, alejándome para siempre de mi hogar.

Nos adentramos en la noche oscura, apenas iluminados por la luz de las estrellas. Mi cuerpo se resiente por el traqueteo del carro; los huesos están tan castigados que apenas me responden. Sin embargo, no me quejo. Hace mucho que aprendí a ocultar mis sentimientos.

Dos semanas después llegamos a una fortaleza negra, inexpugnable. Su estructura recuerda más la de una muralla que la de un castillo. No es cuadrada, ni redonda, ni rectangular. Es un muro alargado, coronado por siete torres y abombado alrededor de la torre central para permitir la existencia de un patio donde recibir a los visitantes.

Mi abuelo intercambia unas palabras con el centinela de la entrada y éste, tras echarme un sombrío vistazo, nos franquea el paso. Cruzamos el puente levadizo. El centinela hace sonar un cuerno y, poco después, un hombre alto, vestido de negro de pies a cabeza, se acerca atravesando el patio de armas a grandes zancadas. Ignora a mi abuelo y se dirige directamente hacia mí. Me mira con atención. Con un movimiento de cabeza ordena desatarme; los soldados le obedecen al instante. Aprovecho para levantarme y estirar las piernas, pero tengo el cuerpo tan entumecido que no me sostienen. Caigo al suelo; me incorporo de nuevo. Un centinela tiende al hombre de negro una antorcha prendida. Éste la coge y la aproxima a mí. Cierro los ojos, deslumbrado por la luz. El hombre de negro examina el suelo a mi espalda y asiente. Ordena al centinela que le entregue unas monedas a mi abuelo. Éste las toma y se marcha sin decir palabra. Me quedo con los ojos enganchados a su espalda. Ni siquiera ha empleado su mirada para despedirse.

Me conducen a un dormitorio colectivo donde hay otros dos niños llorando. Los acaban de traer pero ninguno de ellos conoce tampoco el motivo. Ambos, sin embargo, conservan como yo un recuerdo intensamente feliz de libertad, de gozo supremo, antes de que sus vecinos o sus familiares se les echaran encima y los trajeran aquí, a Sákara, a la Muralla de las Sombras.

Yo tenía entonces siete años. Ése es mi único recuerdo de cuando era libre.

1

Ari se levantó de un salto de su camastro. Aquel día cumplía catorce años y aquélla era, sin duda, una edad importante. Según marcaba la tradición, antes del mediodía, el señor del castillo le haría entrega de su primera capa errante y, con ella, del derecho a salir de los dominios de la fortaleza y visitar junto al resto de los internos el pueblo más cercano. Estaba tan excitado ante la idea de pisar aquella tierra hasta entonces prohibida, que el corazón amenazaba con salírsele del pecho.

Se quitó de un tirón la camisa de dormir, llenó la palangana de agua, y, en apenas un abrir y cerrar de ojos, estaba ya aseado, vestido y preparado para estrenar su inminente libertad. Echó un vistazo al catre vecino. Aldo roncaba plácidamente en el otro extremo del cuarto y Ari resopló de impaciencia. Aquel día se sentía incapaz de aguardar a que despertara.

Los dormitorios estaban situados debajo de las almenas de las torres y tenían dos ventanas. La luz del sol entraba por el lado Sur mientras que en el lado Norte nevaba copiosamente. Ari se dirigió, sin dudarlo un instante, hacia la ventana soleada. No estaba dispuesto a consentir que el día de su catorceavo cumpleaños amaneciera con mal tiempo. Se sentó en el alféizar y elevó los pies hasta apoyarlos sobre la losa de piedra. La brisa le despeinó el pelo y le hizo añorar una vez más la libertad. ¡Cuán hermoso era aquel paisaje!, se dijo extasiado mientras se abrazaba las rodillas y dejaba vagar su espíritu por encima de las copas de los árboles.

Desde allí se divisaba el sombrío bosque por el que siete años atrás su abuelo le había arrastrado hasta la fortaleza. El muchacho no pudo evitar removerse inquieto en su atalaya. Aquella imagen del pasado le producía una intensa sensación de malestar. Le habían tratado peor que a un animal. Aunque tratándose del lado Sur, tampoco era de extrañar. Según el instructor, en aquel lado del mundo era donde residía la ignorancia de los hombres y su miedo a todo lo nuevo.

Ari dejó la mente en blanco y se dejó transportar por el aire de aquel mundo hacia la lejana línea rugosa del horizonte. Hasta donde alcanzaba su vista, sólo se podían distinguir árboles y más árboles; leguas y más leguas de vegetación donde apenas una docena de finas columnas de humo, que destacaban como cobras danzantes en aquel inmenso mar verde, alertaban de la presencia de aldeas entre los árboles.

La mayoría de los chicos internos había nacido en el otro lado del mundo, el de los rascacielos, y era normal oírlos hablar con desagrado y desprecio del lado Sur. Murmuraban que estaba lleno de gente basta y supersticiosa y que la vegetación era tan rebelde e imperiosa que resultaba indomable. Aldo y él eran dos de los pocos internos que procedían del lado Sur y ambos, pese a todo, preferían con mucho aquel mundo al otro. Para ellos, el hecho de que el mundo fuera indómito no era, en absoluto, algo malo. Sus ojos se regocijaban ante la presencia de bosques y de lagos, y el corazón se les henchía de gozo al sentirlos tan repletos de vida. Era un mundo virgen, salvaje, donde los enigmas se ocultaban tras la maleza y donde uno muy bien podía perderse o encontrarse a sí mismo en sus misterios.

Ari dirigió una mirada de reojo hacia la otra ventana, la del lado Norte, y obtuvo una fugaz visión de los rascacielos que salpicaban un cielo surcado por pájaros de metal. Definitivamente, aquél no era un sitio acogedor para alguien a quien la luz, los prados y los árboles alegraban tanto. Allí, todo estaba hecho de asfalto y el aire era tan impuro que enturbiaba el estado de ánimo de quien lo respiraba.

Los chicos del lado Norte solían afirmar con orgullo que aquél era el mundo civilizado, el único capaz de defender el futuro y la sabiduría frente al pasado y la barbarie del lado Sur. Pero aquella explicación a Ari tampoco le convencía. Por los rumores que llegaban hasta sus oídos desde la ventana del lado Norte, por los retazos de vida que se desprendían de sus calles, tampoco percibía que allí el mundo hubiera avanzado mucho. La gente malvada seguía existiendo y los pobres seguían muriéndose de hambre mientras los ricos nadaban en la abundancia. Y, además, allí era donde, según el instructor, residía el espíritu de destrucción de todo lo natural, de todo cuanto él amaba.

Ari volvió su mirada hacia el lado Sur y estiró el cuello para vislumbrar el sendero por el que los labriegos introducían sus carros en el castillo, bajo la vigilante mirada de los centinelas. Siete años hacía que no ponía los pies fuera de la fortaleza y, pese a todo, aún recordaba con añoranza aquella última carrera en el prado, aquel último destello de luz antes de que el curso de su vida cambiase para siempre...

«Sákara», murmuró en apenas un susurro. Qué extraño le resultaba oírse pronunciar aquella palabra con cariño. Pero era cierto que Sákara, la Muralla de las Sombras, que durante la mitad de su vida había sido su prisión, también se había acabado convirtiendo en su hogar, en el lugar donde había encontrado su primer amigo de verdad. Al pensar en la palabra «amigo», volvió casi inconscientemente la cabeza y observó con afecto el bulto que dormía de forma apacible en el catre vecino. Gracias a Aldo había recuperado la confianza y la ilusión por las cosas.

Desde el patio de armas llegó hasta su ventana el entrechocar de espadas y el griterío de los chicos que practicaban el arte de la esgrima con el instructor. Ari sonrió al reconocer la voz quejumbrosa de uno de los internos del lado Sur, un muchacho torpe para las armas que siempre acababa derrotado en la primera ronda. Apartó la mirada del suelo y la alzó hasta las almenas de la torre central, la primera que había visto siete años atrás.

Sí, había transcurrido mucho tiempo desde aquella primera vez pero algo, sin embargo, había cambiado desde entonces. Ahora ya no era el crío tembloroso de antaño que tenía miedo de las gentes y que ignoraba prácticamente todo. Ahora, sabía cosas. Sabía, por ejemplo, que la fortaleza en la que vivía se llamaba Sákara y que el hombre alto y vestido de negro que le había recibido el día de su llegada era Diagor, el señor del lugar.

Sabía también que la fortaleza estaba repleta de internos que, al igual que él, habían sido capturados un día de perfecta sintonía consigo mismos. Sabía que los muchachos procedentes del lado Sur recibían clases diferentes de las impartidas a los chicos del lado Norte y que los instructores no veían con buenos ojos que unos y otros se relacionaran entre sí.

Sí, ahora sabía mucho aunque, por desgracia, aún desconociera lo fundamental. Ignoraba la razón por la que le habían conducido allí y le habían abandonado a merced de su suerte. Y ésa era una pregunta para la que, a pesar de no haber dejado de formulársela a lo largo de los años, jamás había hallado respuesta. Quizá porque nadie lo sabía.

—¿Ari?

Ari volvió la cabeza hacia el rincón del que procedía la voz. El chico rubicundo y fuerte que se debatía entre las mantas se desperezó aparatosamente. Un rayo de luz se había escapado del cielo del Norte y, tras enredarse en las nubes, se había colado por la ventana, despertándole.

—¿Cuánto tiempo llevas despierto? —preguntó mientras se incorporaba lentamente de la cama y bostezaba medio adormilado—. Ari, no sé cómo puedes soportar vivir con lo nervioso que eres. Yo no lo aguantaría. ¿Cómo es posible que cada vez que quieres dormir no puedas hacerlo porque cualquier cosita que tienes que hacer el día siguiente te lo impide?

—¡¿Cualquier cosita?! —exclamó Ari con los ojos abiertos de par en par—. ¿Crees que es cualquier cosita salir por primera vez de Sákara? ¡Hoy cumplo catorce años! ¿Lo has olvidado?

Aldo bostezó de nuevo, desganadamente, y se rascó la cabeza.

—Claro que no, Ari. Pero te aseguro que no me he pasado toda la noche pensando en ello —replicó mientras vaciaba la jarra de agua en la palangana y se disponía a lavarse la cara—. Felicidades, amigo. Hoy es, sin duda, un gran día.

Ari suspiró. Aldo y él eran como la noche y el día. A él, los nervios le impedían mantenerse quieto, y su hambre de aventuras resultaba insaciable. Si alguien le atacaba, al instante se encendía y peleaba. Si le brindaban un reto, siempre era el primero en ofrecerse. La fortaleza, aun siendo imponente, se le antojaba un lugar tan pequeño que le ahogaba.

Aldo, sin embargo, tenía una personalidad tan reflexiva y equilibrada que casi nada conseguía alterarle. Ni siquiera aquel día que, al igual que él, estaba a punto de salir de la fortaleza por primera vez en siete años. Pero la flema de Aldo era bien conocida en Sákara. Dos meses atrás, recién cumplidos sus catorce años, en vez de dar saltos de alegría ante su inminente libertad, había solicitado posponer su primera salida para así hacerla coincidir con la de su mejor amigo. Y eso era algo que sobrepasaba con mucho la capacidad de entendimiento de Ari. No le entraba en la cabeza que a una persona no sólo pudiera ocurrírsele algo así, sino que además pudiera mantenerse firme en su resolución. Pero también ahí eran diferentes. A Aldo pocas cosas le tentaban. Su mundo enseguida alcanzaba el punto perfecto de armonía que le permitía ser feliz. Era, de hecho, tan poco lo que necesitaba que cualquier sitio podía acabar convirtiéndose en su hogar.

16

ALDO

Recuerdo muy bien lo que ocurrió aquel día, la semana antes de llegar a Sákara. Mi hermano y yo habíamos salido de pesca. Atom era un tutor muy responsable y se preocupaba de enseñarme todo lo que creía que podría necesitar para sobrevivir en el futuro. Cuando, una mañana de invierno, mi padre desapareció en el mar, Atom llegó caminando por la playa desde el pueblo vecino, me cogió de la mano y se hizo cargo de mí con el mismo cariño y amor que si hubiera sido hijo suyo. Por eso yo nunca le vi como a un hermanastro. Ésa era una palabra demasiado fea, algo que uno reservaba tan sólo para los parentescos impuestos; una palabra que, Atom, mi hermano, no merecía.

Aquel día yo tenía siete años; mi hermano, veinte. A nuestro alrededor se agitaba un mar hermoso, seductor, pero no pacífico. Mi hermano lanzaba las redes mientras alzaba de vez en cuando la vista, observando preocupado la evolución del cielo. La calma resultaba opresiva pero Atom no acertaba a interpretar el inquietante silencio que nos envolvía. Aquella mañana el mar no estaba comunicativo y no parecía dispuesto a dejarse entender.

Y de repente, las olas empezaron a crecer y unas nubes oscuras descendieron y se quedaron allí, encima de nosotros, como si les hubiéramos despertado interés. Mi hermano comprendió entonces el mensaje del cielo y enfiló apresuradamente proa hacia tierra. Pero era ya demasiado tarde. La mar se había encaprichado de nosotros y ardía en deseos de jugar con una barca y dos humanos perdidos en su inmensidad. La superficie del agua subía y bajaba con violencia y los ojos de mi hermano seguían su movimiento con desesperación, incapaces de encontrar la manera de sujetarme y, a la vez, sujetarse él mismo a la barca, a la vida.

Pero a mí no fueron las olas gigantescas ni las nubes amedrentadoras las que me alertaron del peligro. Fue el hecho de ver la cara resignada de mi hermano lo que realmente me anunció que íbamos a morir. Y aunque con siete años no comprendía demasiado bien la idea de la muerte, lo que sí entendía perfectamente era el miedo que sentía, el miedo a que aquel mar hermoso y caprichoso me acabara arrebatando la vida de mi hermano como antes lo había hecho con la de nuestro padre.

El viento soplaba y nos zarandeaba, la lluvia nos azotaba el cuerpo, las olas se metían en la barca como si se hubiesen cansado de nadar; las nubes negras nos seguían mirando y, aunque yo les sonreía para que no se enfadaran más con nosotros y nos dejasen marchar, ellas ni se inmutaban.

Finalmente, la barca, embestida por las olas, crujió y se volcó al mismo tiempo que en el cielo se abría un claro. Un rayo de luz se filtró entre las nubes y cayó sobre nosotros. Sentí que aquella luz de mediodía nos insuflaba nueva vida porque llegaba desde detrás de la tormenta, desde donde las nubes aún no estaban enojadas. La barca se hundía pero la luz seguía derramándose sobre nuestras cabezas y yo me animé. Uno no podía morirse con aquella luz tan simpática luchando entre las nubes por abrirse paso hacia nosotros. Me sentí enormemente feliz y, a pesar de que me hundía en el agua, percibí que mis pies se arraigaban en el fondo y conseguían remontarme. Mi hermano nadó hacia mí y yo me sentí pletórico al notar cómo sus manos se aferraban desesperadamente a mi cuerpo como si éste fuera su tabla de salvación. ¡Me sentía tan feliz! Mi pobre hermano era demasiado frágil para los vaivenes del océano pero yo sabía que, mientras sintiese sus manos sobre mí, él estaría a salvo.

Cuando la tormenta cesó y el mar se calmó, nadamos hacia la costa. Era ya el atardecer, y si no queríamos que la noche nos sorprendiera mar adentro, debíamos darnos prisa por llegar. Mi hermano tiraba de mí porque yo, a pesar de su empeño, todavía no había aprendido a nadar, sólo a flotar.

Al llegar a la arena de la playa nos derrumbamos, agotados. Mi hermano se repuso antes que yo y, arrastrándose, se me acercó. Palpó mi cuerpo y, al comprobar que estaba bien, me dio un abrazo tan intenso que casi me hizo daño. Le oí sollozar cerca de mi oído y separé mi cara de la suya para verle mejor. Cuando su mirada se cruzó con la mía, supe que sus lágrimas no eran simples, que no respondían tan sólo a la dicha por haber sobrevivido a la cólera de las olas: en su llanto de mar había también tristeza.

Llegamos a la casa de mi hermano, una pequeña cabaña cerca del pueblo. Allí, Atom me quitó la ropa mojada y, tras ponerme una seca, me dijo, casi sin poder mirarme, con la voz desgarrada por la pena, que me moviera, que tenía que hacer el equipaje. Yo no le entendí pero le obedecí. Mi hermano, Atom, era el único padre que me quedaba y yo confiaba ciegamente en él. Sabía que cualquier cosa que decidiera sería lo mejor para mí.

Al día siguiente nos encaminamos hacia Sákara. Tardamos una semana en cruzar los espesos bosques que la rodeaban. En el patio de armas, mi hermano se quedó allí, mirándome, sin saber cómo despedirse. Se agachó, me dio un abrazo y con los ojos anegados en lágrimas se despidió de mí.

—No me olvides, hermano. Algún día nos volveremos a ver.

Luego se irguió de nuevo y con los hombros encorvados salió de allí sin volver ya la vista atrás. En el suelo quedó la bolsa con las monedas esparcidas que el centinela de Diagor le había ofrecido.

Me condujeron a un dormitorio. Dos niños lloraban, no recuerdo si eran niños o niñas. Por el contrario otro que, a juzgar por lo malherido que parecía, tenía sin duda más motivos para llorar que ellos, permanecía con la mirada tozudamente enganchada en la luna que se entreveía a través del estrecho tragaluz.

Tres meses después logré que ese niño me dijera cómo se llamaba. Seis meses más tarde, que me contara su historia. Un año después logré su primera sonrisa. Al año y medio, Ari y yo éramos inseparables.

2

Después de examinarse mutuamente para comprobar que su aspecto y su indumentaria eran los adecuados para presentarse ante el señor del castillo, Ari y Aldo salieron del dormitorio. Bajaron la escalera de caracol que conducía a los almacenes y las mazmorras pero, a mitad de camino, tomaron un acceso lateral y salieron a la muralla.

Ari recordaba perfectamente la profunda impresión que le había producido la fortaleza la primera vez que la había visto. Jamás hubiera pensado que un castillo pudiera parecerse más a un muro que a una fortaleza o a un palacio, pero así era. La muralla estaba coronada por siete torres y la única manera de comunicarlas entre sí era a través del adarve, aquel elevado camino de ronda donde se parapetaban, tras las almenas, los defensores del castillo.

Aldo saludó a uno de los guardianes de la fortaleza, un joven de su pueblo con el que había hecho buenas migas. El soldado alzó la mano en señal de reconocimiento y continuó haciendo la ronda.

El adarve era lo suficientemente ancho como para que por él circularan fácilmente dos carros al mismo tiempo. Sus bordes estaban rebosantes de flores y pequeños árboles. Los arroyos del bosque, tras toparse en su recorrido con la fortaleza, escalaban la muralla y antes de cruzar al otro lado saciaban la sed de las flores de aquel sendero. La primera vez que Ari descubrió que, en la Muralla de las Sombras, los arroyos se comportaban como si tuvieran vida propia, se había asustado mucho. Pero eso tampoco había asombrado a nadie porque Ari procedía del lado Sur, el lugar donde todo lo que no se entendía daba miedo.

Las almenas eran de diferentes formas y sus caprichosas siluetas se intercalaban, sin orden ni concierto, como las piezas de la dentadura imperfecta de un niño ávido de dulces. Las había rectangulares, de punta piramidal, hendidas, con dos puntas... El joven centinela del pueblo de Aldo les había explicado que los orificios en la piedra eran troneras y saeteras y que se usaban para las armas de fuego o para lanzar armas arrojadizas. Ari observó las almenas con aire soñador. Aunque en el tiempo que había vivido allí nadie se había atrevido a atacar la fortaleza, aquellas murallas siempre le susurraban historias; en ellas siempre creía escuchar las batallas que los trovadores narraban en sus cantares.

Pasaron por delante de dos torres, en las que vivían apretujados los internos varones del lado Norte, mucho más numerosos que los del lado Sur. El resto de las torres estaba reservado a las chicas. Siete centinelas, apostados a lo largo del adarve, impedían la libre circulación de los internos entre las diferentes torres y obstaculizaban la comunicación entre los muchachos del

Norte y del Sur, e incluso, entre las chicas y chicos del mismo mundo. Por esa razón, la mayor parte de los habitantes de Sákara eran casi desconocidos para el resto de sus compañeros.

Al llegar a la altura de la torre central, la más alta e imponente de todas, Ari y Aldo descendieron al patio de armas que daba a la puerta Sur. Según los instructores, detrás de aquella torre, la del Homenaje, había otro patio comunicado con el exterior por la puerta Norte pero Ari nunca había estado allí. Su acceso estaba restringido a los instructores, a los internos del lado Norte y a aquellos lacayos expresamente autorizados por el señor del castillo.

Ya en el patio se dirigieron con paso resuelto hacia la entrada de la Torre del Homenaje, la residencia que Diagor empleaba para su uso exclusivo y cuyo acceso estaba rigurosamente prohibido a todos los internos. El centinela les saludó y se hizo a un lado para dejarles pasar.

—Daos prisa. El señor está ya esperándoos en el salón.

Subieron la escalera de caracol de dos en dos pero la torre era tan alta que tardaron aun así un buen rato en llegar. En el camino se encontraron con varias puertas cerradas a cal y canto y muchos recodos débilmente iluminados por antorchas sujetas a la pared por manos de hierro. Un rectángulo de luz en la última planta les anunció que, al fin, habían llegado. Las dos hojas de la puerta estaban abiertas de par en par y dejaban al descubierto la exquisita decoración de aquella estancia usada habitualmente para la ceremonia de entrega de las capas errantes.

Ari lo observó todo con ojos arrobados. Procedía de

una cabaña de campesinos y no estaba acostumbrado a los lujos de los nobles. Una lámpara de cristal tintineaba en el techo, amenazante como una araña de hielo. Los tapices cubrían las paredes de piedra y los baúles de cuero y hierro se apretujaban en los rincones. El centro del salón estaba presidido por una gran mesa de madera de patas finamente labradas con leones y águilas.

Los dos muchachos se quedaron clavados en el umbral, mirándose el uno al otro sin saber qué hacer. El señor del castillo permanecía de pie, con las dos manos apoyadas sobre la mesa y el cuerpo volcado sobre un pergamino que yacía extendido encima de la misma.

—Acercaos —les ordenó sin volverse.

Los muchachos obedecieron, y al aproximarse se dieron cuenta de que lo que había desplegado encima de la mesa era un mapa que representaba la situación de la fortaleza en que vivían. Estaba coloreado de tal manera que parecía una bandera. El lado Norte era blanco; el lado Sur, amarillo. El señor del castillo escribía en sus márgenes en un idioma que ninguno de ellos entendió.

—Venid aquí —insistió Diagor alzando por un instante los ojos hacia ellos—. ¿Os habéis preguntado alguna vez por qué Sákara tiene forma de muralla?

Los dos muchachos se miraron desconcertados. Aunque siempre les había sorprendido la extraña forma de la fortaleza, nunca se habían planteado que hubiera otro motivo, aparte del capricho del maestro de obras que la hubiera construido.

—Fijaos bien dónde se encuentra Sákara en el mapa. Está en el límite entre dos mundos y, por tanto, no puede ser atacada por todos los flancos como un castillo normal sino sólo desde el lado Norte o desde el

Sur. Los otros dos frentes, el Este y el Oeste, no suponen una amenaza porque... —En ese momento calló. Sus ojos, que habían empezado a brillar como si tuvieran fiebre, se tranquilizaron—. Pero me estoy adelantando a los acontecimientos, ¿verdad?

Los dos chicos le miraron sin atreverse a contestar. Ambos procedían de un ambiente humilde y habían aprendido, desde la cuna, que lo mejor ante los poderosos era hablar lo menos posible. Dar la razón, a veces, lejos de ser cortés podía ser una temeridad. Diagor se separó de la mesa, lentamente, como si todavía no hubiese dado por concluidos sus pensamientos y los chicos le aguardaron expectantes; en el interior de aquella cabeza podía estar fraguándose, en aquel mismo instante, su futuro.

Y de repente, como si acabara de recordar el motivo de su presencia, el señor del castillo regresó de sus reflexiones y, con expresión risueña, se sentó frente a ellos, en un sillón cuyo respaldo sobresalía por encima de su cabeza. Ari descubrió que en su mano derecha llevaba un anillo con el escudo de Sákara.

—Hoy es un gran día para vosotros, más incluso de lo que imagináis. La entrega de las capas errantes siempre ha sido un acto de fuerte carga simbólica porque no sólo implica el privilegio de salir de la fortaleza; también significa que vuestra infancia queda atrás y que ambos estáis a punto de empezar una nueva etapa de vuestras vidas.

A medida que hablaba, Ari se daba cuenta de que no podía apartar su mirada de él. Iba de negro como el primer día que había llegado a la fortaleza. Su porte era distinguido y sus ojos, de un gris tan profundo como las nubes de tormenta. Su rostro alargado, aun recordando las facciones aguileñas de las aves de rapiña, lejos de producir desconfianza, era de rasgos nobles.

Diagor se quedó en silencio y clavó sus pupilas en ambos muchachos. Ari sintió que el rubor le subía por sus mejillas. A pesar de los rumores que circulaban sobre su benevolencia, era difícil no sentirse intimidado ante la presencia del señor de la fortaleza.

El noble chasqueó los dedos y un lacayo acudió veloz, portando entre sus brazos un cojín de terciopelo. Sobre él había doblada una prenda que Ari enseguida reconoció. Era su primera capa errante, su salvoconducto hacia la libertad, se dijo ilusionado. Diagor desplegó la tela con delicadeza y se la colocó parsimoniosamente sobre los hombros, con la misma solemnidad con la que los nobles armaban a sus caballeros. Pero aquel acto era completamente diferente y el muchacho lo sabía.

—Tuviste suerte de sobrevivir, Ari —le dijo Diagor con voz grave—. No tenemos demasiados chicos del lado Sur porque generalmente sus vecinos acaban con ellos en cuanto descubren que son diferentes. El hombre que te trajo aquí llevaba tu desgracia escrita en su cara.

Ari recordó las miradas salvajes de los ancianos, sus teas encendidas, el rostro implacable de su abuelo, y tragó saliva. A pesar de lo pequeño que era, sabía que Diagor tenía razón. Había estado muy cerca de acabar sus días en aquel establo.

En cuanto escuchó la nueva orden de su amo, el lacayo se acercó con la segunda capa.

—Tu caso, Aldo, es muy diferente. Tu hermano te trajo aquí para protegerte y evitar que los vecinos te descubrieran y acabaran linchándote. Tú tienes un sitio adonde volver y algún día deberás reencontrarlo.

Aldo asintió y aguardó a que Diagor le colocara la capa errante. Se lo permitió, no porque creyera que ser el dueño de la fortaleza le daba derechos sobre él —su hermano le había repetido en demasiadas ocasiones que un ser humano no podía pertenecer a otro— sino porque, en el fondo, le respetaba. Desde muy pequeño, su padre le había enseñado a no dejarse deslumbrar por títulos y riquezas y a reconocer a aquellas personas que se merecían los cargos que ocupaban y a aquellas que no. Y Diagor era un señor distante pero sabio. Nada de lo que sucedía en el castillo le era ajeno y si las cosas funcionaban de manera justa era, sin duda, por su influencia. El señor de Sákara estaba dando una oportunidad a muchachos destinados a convertirse en fugitivos o en víctimas de la sociedad, y por ello a Aldo le parecía un honor recibir aquella prenda de sus manos.

Diagor sonrió al apreciar la mirada impasible del muchacho. Conocía muy bien el carácter de sus internos.

—Me alegra sinceramente que ambos lograseis escapar de la ignorancia de los hombres.

Ari contuvo la respiración. Oír hablar de persecuciones y de su presunta anormalidad, le hacía albergar esperanzas. ¿Estarían a punto de conocer, al fin, la razón por la que estaban allí?

—Hasta ahora la educación que os hemos suministrado se ha centrado ante todo en continuar lo que vuestros tutores naturales interrumpieron. Sabéis obtener los frutos de la tierra, cazar animales, leer las señales del cielo y del mar... Salisteis de un entorno de campesinos y pescadores, y en eso os habéis convertido. En nada ha diferido vuestra educación de la que hubierais recibido fuera. —Se dirigió lentamente hacia el ventanal orientado al sur y agregó—: Con ello facilitamos al interno la vuelta a su mundo si inesperadamente recupera la normalidad.

Ari pensó en lo que el señor de la fortaleza acababa de decir. No era la primera vez que algún compañero se había marchado, apenas transcurridos unos meses desde su ingreso. Diagor, mientras, entretuvo su mirada en el paisaje, como si quisiera apresarlo en su retina y, luego, se volvió de nuevo hacia ellos.

—Pero ése no parece ser en absoluto vuestro caso. Según vuestro instructor, a medida que pasa el tiempo, lejos de normalizaros, os alejáis más del tronco común. Bien, pues es hora de que empecéis a asumir lo que sois. Ciro os está esperando abajo con los otros muchachos. Idos ya con él —concluyó haciendo un gesto con la mano en señal de que su conversación había acabado.

Ari y Aldo se miraron desconcertados. Sus rostros apenas podían ocultar su decepción. ¿Acaso era eso todo lo que el señor del castillo estaba dispuesto a contarles? Vacilaron un instante pero no se atrevieron a protestar. La mirada de Diagor podía ser harto disuasoria cuando se clavaba en alguien. Además, Ari ya no podía seguir soportando la espera. Su espíritu estaba demasiado hambriento de libertad.

Dejaron a Diagor frente a aquel ventanal, de arco ojival, oteando sus dominios, y bajaron a toda velocidad por la escalera. En el patio de armas les aguardaba Ciro, su instructor. Era un hombre corpulento cuya rudeza de rasgos delataba su proocedencia del lado Sur. Iba acompañado por un grupo mixto, aunque no demasiado numeroso, de internos del lado Sur, ataviados con sus capas reglamentarias. En cuanto les vio, les hizo un gesto apremiante con la mano para que se dieran prisa, y se encaminó hacia la salida seguido por todos sus pupilos. Los dos chicos se apresuraron a alcanzarle pero justo cuando Aldo acababa de traspasar el arco de la puerta Sur y Ari se disponía a imitarle, ésta, sin previo aviso, se cerró bruscamente ante sus narices. El muchacho se quedó apabullado. ¿Qué demonios había pasado?, se preguntaba mientras sus ojos recorrían de arriba abajo la enorme losa de madera. Pero a medida que iba entendiendo el significado de aquel portazo, con más y más fuerza le latía el corazón. La puerta Sur de la Muralla de las Sombras se había cerrado de golpe y se erigía implacable ante él, impidiéndole el paso, como si fuera un asaltante del mundo exterior.

Ari creyó volverse loco. No, aquello no podía ser verdad; no era posible que se le negase la libertad después de tanto tiempo de espera. Desesperado, se lanzó sobre la puerta y empezó a aporrearla e insultarla. Las voces de los centinelas sonaban a su alrededor, intentando apaciguarle, pero él se negaba a escucharlas. Prefería seguir allí, golpeando y pataleando aquella puerta infame porque así, al menos, lograba desahogarse.

—Cálmate, muchacho. Con eso no conseguirás nada. Me temo que ha ocurrido algo inesperado.

Ari se detuvo al reconocer la voz de Diagor. El señor del castillo debía de haber presenciado la escena desde el ventanal de la torre y se había apresurado a bajar para averiguar lo que ocurría. Habló con los centinelas y, luego, se quedó observando a Ari en silencio, con expresión muy grave. Posó entonces una mano sobre su cabeza mientras la otra, la que portaba el anillo, acariciaba suavemente la madera de la puerta como si pretendiera hacerla entrar en razón. Casi al instante, la puerta crujió y muy lentamente, como si no estuviera del todo convencida, se fue abriendo.

Diagor hizo una señal a uno de los soldados, y le ordenó:

—Acompaña a este muchacho y tráelo de vuelta dentro de una hora. Sólo tiene ese tiempo de permiso para estar fuera.

Ari no podía creer lo que oía. «¿Una hora? ¿Tan sólo una hora? Pero si a todos los internos, al cumplir catorce años, se les permite pasar todo el día fuera.» Estaba a punto de protestar cuando Diagor le hizo un gesto disuasorio con la mano.

—Te aseguro que, dadas las circunstancias, una hora es un privilegio que deberías agradecerme. —Se volvió y, ya de espaldas, añadió—: Ven a hablar conmigo cuando regreses.

Ari sintió que los ojos se le llenaban de lágrimas. Había esperado aquel momento durante tantos días, meses y años que no podía creerse que toda su ansiada libertad se viera reducida a una sola hora.

—Ari.

El muchacho se volvió al oír la suave voz de Aldo a su espalda.

—Venga, muévete. Si sólo tenemos una hora será mejor que la aprovechemos y nos larguemos ya. —La mirada de su amigo permanecía fija en la espalda de Diagor que, en aquel momento, penetraba ya en la Torre del Homenaje—. Venga, Ari. Alguna razón habrá. Luego lo averiguaremos.

Pero Ari no le escuchaba. Se sentía tan decepcionado que apenas podía reaccionar. Siempre que se imaginaba fuera de la fortaleza, se veía a sí mismo corriendo durante horas y horas entre árboles y praderas, y ahora no era capaz de resignarse a ser un preso del tiempo. «Una hora, sólo una hora», se repetía sintiendo un molesto nudo en la garganta.

—¿Te has fijado en cómo el viento agita hoy los árboles? —señaló Aldo en tono animoso—. ¿No es increíble la luz que se filtra por sus ramas? ¿No oyes a lo lejos el murmullo del río, el rumor del bosque, el susurro de la hierba? ¿Crees que tal belleza se ve mermada por el hecho de saber que sólo dispones de una hora? Cada instante puede ser eterno si tú lo deseas.

Al escuchar las palabras de su amigo, Ari aflojó su resistencia y se dejó acunar por las imágenes que le evocaban.

Su vista se perdió en las nubes, en los arbustos, en las flores, y sonrió. Aldo tenía razón, aquella belleza era intemporal.

Se encaminaron por el pedregoso sendero hasta el pueblo. Las casas eran de piedra y de las chimeneas salían regueros de humo que olían a madera quemada. Ari sintió que un escalofrío le recorría el cuerpo. El pueblo del que procedía se parecía tanto a aquél, que le estremecía pensar que sus moradores pudieran ser iguales que aquellos que le habían perseguido.

Aldo puso la mano en su hombro y la apretó.

—No te asustes, Ari. Ahora ya no estás solo.

Ari sonrió con tristeza y siguió andando. Sin embargo, nada de lo que veía le tranquilizaba porque nada desmentía sus malas sensaciones. Sus pupilas se encontraban constantemente con las miradas adustas de los campesinos que, al distinguir sus capas negras, escupían hacia el lado contrario como si la garganta se les llenara de pestilencia. Aldo caminaba a su lado, en silencio, sumido en sus propias reflexiones. Sólo, de vez en cuando, le lanzaba una mirada de reojo para comprobar si estaba bien.

Al llegar al pueblo contemplaron cómo las mujeres se apartaban de su camino y se persignaban varias veces seguidas, como si estuvieran viendo demonios. En su huida, arrastraban en volandas a sus hijos pequeños, y tras meterse en el interior de sus casas atrancaban las puertas.

Aldo y Ari se miraron. ¿Qué ocurría allí? Aquello no era lo que ninguno de ellos había esperado del exterior.

Recostados contra la pared de la iglesia, un grupo de mozalbetes, de ropa sucia y remendada, seguía su trayecto con gesto desafiante. Uno de ellos, tras echarles una insolente mirada, cuchicheó algo y los demás se rieron estrepitosamente. Ciro se volvió hacia sus pupilos y les aconsejó:

—No les hagáis caso. Sólo pretenden provocaros.

Ari sentía que la rabia le reconcomía por dentro. El resto de los muchachos, sin embargo, tras arrebujarse en el interior de sus capas errantes, fijaban su atención en los baches del sendero y seguían andando. Ari dirigió una mirada de soslayo a Aldo y comprobó que su amigo, haciendo oídos sordos de las burlas, proseguía tranquilo su camino. A él nunca le habían afectado aquellas demostraciones. Cuando algún chico de la fortaleza le intentaba provocar, Aldo se encogía de hombros y se alejaba de él... En su opinión, no merecía la pena hacer suyo un problema que, sin duda, era del otro. Pero Ari era diferente, a él le bullía la sangre al oír los insultos. Sobre todo, cuando sólo veía alrededor un montón de casas amenazantes cuyas puertas podían abrirse en cualquier momento y permitir a sus ocupantes saltar sobre ellos. Así que, cuando los mozalbetes empezaron a llamarles demonios y a gritarles que se fueran al infierno, fue el propio instructor el que tuvo que sujetarle por la cintura antes de que se abalanzara sobre ellos.

—Ari, basta, no seas tonto —le dijo con firmeza—. ¿Qué más te da lo que te digan? No son nadie. Están perdidos en su ignorancia y, como no saben salir de ella, insultan al mundo para sentirse mejor.

Los dos ancianos que se cruzaron con ellos en aquel momento les dirigieron una mirada cargada de odio.

—Pero... ¿por qué nos reciben tan mal? —balbuceó Ari—. ¿Por qué hoy, precisamente? ¿Por qué el día de mi cumpleaños?

Ciro sonrió con amargura y soltó al muchacho. Le conocía lo suficientemente bien como para saber que cuando empezaba a hacer preguntas, la razón había logrado ya vencer a la rabia y el momento de peligro había pasado.

—¿Hoy? No, Ari, siempre es así.

—¿Qué?

—Es una de... —Pero no le dio tiempo a contestar porque los muchachos harapientos que creían haber dejado atrás habían empezado a arrojarles piedras.

Tuvieron que salir huyendo. Aldo tiró de Ari para que a éste no le diese tiempo de enfadarse de nuevo. Corrían sin mirar atrás, con la vista fija al frente, para no perder velocidad. No pararon hasta que lograron salir del recinto del pueblo. Una vez a salvo, y cuando todos pensaban que el mejor momento de la excursión estaba, por fin, a punto de empezar, Ciro calculó la hora por la posición solar y se volvió hacia Ari.

—Debes regresar ya con el centinela. Ha pasado media hora desde que salimos. Tienes el tiempo justo para volver.

Ari le escrutó el rostro, como si no entendiera lo que le decía. Frunció el entrecejo. No era posible que tuviera ya que regresar; que aquella hora se hubiera echado a perder escuchando los insultos de aquellos imbéciles.

—Yo iré contigo —se ofreció Aldo.

—No es necesario —indicó Ari, enfurruñado—. Puedes corretear aún un rato antes de volver. —Los ojos se le humedecieron al contemplar el inmenso bosque que debía dejar atrás—. Te esperaré en Sákara.

—No necesito corretear por ahí, Ari. De hecho, tampoco necesitaba salir hoy de la fortaleza —dijo sonriendo—. Volveré contigo.

Ciro asintió, y así, escoltados por el soldado, que escogió para el retorno un atajo que evitaba el pueblo, emprendieron el regreso a la fortaleza.

Ari apenas abrió la boca en todo el camino de vuelta. Cada vez tenía más claro que su catorceavo cumpleaños iba a ser inolvidable, pero no precisamente por lo maravilloso.

Atravesaron el umbral de la puerta Sur y, una vez dentro del recinto, el soldado, tras cruzar unas palabras con un instructor, se volvió hacia ellos.

—Presentaos ante Diagor. Ha dado orden expresa de que os dirigierais inmediatamente a su despacho cuando volvieseis. Está en la primera planta. En el lado Norte.

Obedecieron. Un lacayo les acompañó hasta la puerta y llamó con los nudillos. Al oír la voz de su amo, se retiró. Los dos muchachos abrieron la puerta. Esta vez, Diagor estaba sentado detrás de una mesa, en la estancia más rara que habían visto en su vida. Las paredes estaban forradas de estanterías con libros y extraños artefactos. Ni Aldo ni Ari habían visto jamás muebles por el estilo ni artilugios semejantes, por lo que supusieron que aquel mobiliario debía de proceder del lado Norte.

En una de las esquinas había una caja de metal y cristal que, a juzgar por el ruido y las figuras que se apreciaban en su interior, debía de tener diablos encerrados dentro. Los dos muchachos se quedaron allí de pie, petrificados, sin poder apartar la vista de aquellos extraños demonios de apariencia humana que hablaban entre sí y se movían a sus anchas en aquel minúsculo espacio.

Diagor alzó la vista y, al sorprender la mirada perpleja de los chicos, sonrió y, ante su asombro, empuñó una especie de arma que tenía sobre su mesa, con muchos botones, y apuntando hacia los diablos, los fulminó a distancia.

—No os asustéis, es una televisión. Lo que ocurre dentro no es verdad. Es un juguete que usan los del lado Norte para entretenerse solos sin necesidad de salir de sus casas.

Ambos muchachos se miraron sin entender. Tanto uno como el otro recordaban la alegría de los vecinos cuando los trovadores y las compañías ambulantes de actores llegaban a sus pueblos. La gente salía de sus casas y se arremolinaba en la plaza para reírse todos a la vez. No podían imaginarse cuál podía ser el sabor de una carcajada individual.

—Supongo que la visita al pueblo no os habrá resultado demasiado agradable. A casi nadie se lo parece.

Ari le escrutó con el ceño fruncido. Si era eso lo que esperaban de la primera visita al exterior, ¿para qué la organizaban?

—Pero resulta necesaria en vuestra instrucción —prosiguió sin inmutarse—. Es hora de que empecéis a conocer lo que os espera fuera. Sois diferentes al resto del mundo, y sólo por eso os van a perseguir y apedrear como esta mañana. No hay nada que podáis hacer para evitarlo. Vuestra diferencia los asusta, y lo que da miedo provoca reacciones irracionales.

Diagor calló un momento y les dedicó una larga mirada desde el otro lado de la mesa.

—¿Nunca os habéis preguntado cómo es posible que en Sákara las ventanas Norte y Sur muestren dos mundos diferentes?

«Muchas veces», pensó Ari. Más de una vez, los muchachos mayores habían bordeado la muralla desde fuera, y los que se adentraban por la puerta Sur juraban que al otro lado no había rastro del mundo del Norte. Y al contrario, los que salían por la puerta Norte aseguraban que alrededor todo estaba lleno de rascacielos y asfalto.

—Sákara reside en un punto de unión entre el pasado y el presente que comunica ambos mundos y hace posible verlos simultáneamente. Por ello, en el momento mismo en que salís de la fortaleza y pasáis a formar parte del tiempo, uno de los dos mundos desaparece.

Ari abrió la boca pero enseguida volvió a cerrarla. No sabía cómo digerir aquella verdad cuya lógica no acababa de entrar del todo en su cabeza.

—¿Eso significa que el lado Norte y el lado Sur son,

en realidad, el mismo sitio en diferentes momentos? —preguntó Aldo con incredulidad.

—Exactamente. El lado Sur es el mundo tal como era hace siglos. Virgen, bello, repleto de humanos cerrados e ignorantes. El lado Norte es el presente —dijo Diagor—. En cuanto traspasas las puertas de la Muralla de las Sombras y pisas el exterior, te adentras en el pasado o en el presente dependiendo de que lo hagas por la puerta Norte o la puerta Sur. —Diagor se recostó ligeramente en su asiento y suspiró—. Lo malo es que hoy ha surgido un pequeño contratiempo que desgraciadamente os afecta.

A juzgar por su expresión, ambos muchachos presintieron que el señor de Sákara estaba a punto de decir algo verdaderamente grave.

—Siempre pensamos que tú, Ari, procedías del lado Sur porque tu abuelo te trajo personalmente aquí desde el otro lado del Bosque de las Sombras. Pero hoy, la puerta Sur nos ha demostrado que nuestra suposición era incorrecta puesto que jamás impide la entrada a aquél nacido en su mundo.

Diagor calló. Ari se fijó en que su amigo había palidecido.

—¿Eso significa que Ari ha nacido en el lado Norte? —preguntó Aldo en apenas un susurro.

—Eso es.

—¿Y cómo pasó al lado Sur? ¿Por Sákara? —agregó con voz débil.

—No. Pero esa respuesta es algo que habrá de averiguar él mismo si pretende saber quién es.

Ari miró a Aldo. No entendía su desánimo. Ninguno de los dos juzgaba a la gente por su lugar de origen.

—Aldo... ¿qué te pasa?

Su amigo negó varias veces con la cabeza como solía hacer cuando no quería hablar de algo. En general, Ari hubiera respetado el silencio de Aldo pero en aquella ocasión no podía; estaba demasiado nervioso para quedarse a solas con sus dudas.

—Aldo... seguimos siendo amigos, ¿no? —susurró como temiendo la respuesta.

—Claro —dijo. Pero su voz apenas lograba alcanzar un tono audible.

Diagor suspiró.

—Creo que tu amigo lo ha entendido bien, Ari. Hasta ahora no os habíamos permitido relacionaros con los muchachos procedentes del lado Norte porque eran personas de vuestro futuro, incompatibles con vuestro mundo. Pero ahora...

Ari sintió un desgarro en el corazón al entender al fin el significado de las palabras de Diagor.

—Pero...

—Sí, Ari, lo siento. Aldo y tú os deberéis separar en algún momento no demasiado lejano. Fuera de aquí y de la influencia de Sákara, no existís al mismo tiempo.

Ari sintió cómo se le concentraba en la garganta toda la rabia que llevaba acumulada aquel día. Su voz sonó ronca y amenazante.

—Nadie me separará de Aldo. Jamás —dijo y se volvió hacia su amigo buscando su apoyo.

Pero Aldo no reaccionó ante sus palabras; siguió sumido en el silencio durante un buen rato, con la mirada perdida, clavada en sus pies como si estuviera rumiando una hierba de difícil digestión.

—Aldo —le reclamó con voz débil.

Su amigo alzó la vista y le miró con tristeza.

—Si eso es cierto, si es verdad lo que dice Diagor, será imposible seguir juntos, Ari. Tú estás en mi futuro, yo estoy en tu pasado. Nuestros tiempos no se sincronizan. Nuestra amistad no es natural.

Ari sintió que el corazón se le encogía. ¿Qué significaba que su amistad no era natural? ¿Que era tan sólo un espejismo de realidad? ¿Que jamás había existido?

Desconcertado, clavó sus pupilas en Diagor. Sentía como si alguien le estuviera arrancando el alma y necesitaba respuestas.

—¿Es por eso que somos diferentes? ¿Porque venimos del pasado?

Diagor movió lentamente la cabeza.

—No, Ari. Ya en vuestro mundo pudisteis comprobar que erais unos extraños para los vuestros.

—¿Es que acaso somos magos, hombres lobo o yo qué sé?

La mirada del señor de la fortaleza se llenó de compasión.

—¿Sientes magia en ti, Ari?

—No.

—¿En las noches de luna llena, se te cubre el cuerpo de pelo y aúllas hacia la luna con el alma atormentada?

—No.

—Pues, en tal caso, la respuesta es evidente.

—Entonces... ¿qué somos?

—Pronto lo sabréis, muy pronto.

Llamaron a la puerta. Un lacayo, vestido a la manera del lado Norte, entró y anunció la llegada de una nueva interna.

—Hablaremos más adelante de todo esto —concluyó mientras les despedía.

Al salir, se cruzaron con un hombre y una chica a la que Ari observó extrañado. Era muy mayor para llegar allí por primera vez. Los internos casi siempre ingresaban con siete años y aquella chica debía de tener aproximadamente su edad.

—Pasen, por favor —dijo Diagor hablándole directamente al hombre—. Recibí su carta.

La chica, al pasar junto a Ari, sostuvo por un instante su mirada. El chico desvió la vista y continuó su camino. No le gustaba que nadie le mirara así. Mientras se encaminaba con Aldo a su dormitorio se dio cuenta de por qué no le había gustado aquella forma de mirar. Reflejaba interés y él había aprendido a desconfiar del interés de la gente. La última vez que había sentido algo así, casi lo habían matado.

ELENE

Cuando era pequeña, papá y yo vivíamos en Italia donde siempre flotaba en el aire una permanente sensación de bienestar y placidez. Dicen que el efecto del buen tiempo es precisamente ése: llenarte de optimismo aunque las desgracias te acechen. La magia del sol, sin embargo, no consiguió embrujarnos del todo porque entonces ocurrió aquello que, inexplicablemente, transformó a papá. A partir de aquel momento, nuestra vida cambió y se volvió gris y sombría. Dejamos de ir al encuentro del sol y de la vida y nos convertimos en fugitivos de la alegría.

Me acuerdo perfectamente de aquel día. Estábamos en la Toscana y era verano. No recuerdo el nombre del pueblo pero sí su plaza, antigua y monumental. Hacía tanto calor que casi no se podía soportar. En el centro de aquella plazoleta tan tórrida descubrí, de repente, un puesto de helados. Eché a correr hacia él, ansiosa por conseguir mi trofeo. Papá, risueño, me seguía a corta distancia, con la cartera en la mano.

Y de repente, no sé muy bien qué pasó, pero noté

que dejaba de hacer calor, que el aire se volvía fresco y que el sudor desaparecía. Me sentía genial, casi flotante. Papá, sin embargo, empezó a girar sobre sí mismo y a gritar como un loco, llamándome a voces como si le resultara imposible encontrarme. A mí aquella ocurrencia me hizo muchísima gracia. Papá resultaba tan ridículo que yo no podía dejar de reír. La plaza estaba tan expuesta al sol que resultaba imposible ocultarse en ella y mucho menos yo, que me encontraba en su mismísimo centro. Así que, a pesar de resultarme muy difícil contener la risa, le seguí la corriente y me volví muda.

Al cabo de un rato, cuando noté que la preocupación no desaparecía del rostro de papá, el juego del escondite dejó de hacerme gracia y me acerqué a él. En aquel momento, papá estaba en el interior de un portal abierto, buscándome desesperado por los rincones oscuros. Entré. Le vi de rodillas examinando el hueco que había debajo de la escalera. Al verme, se incorporó de un salto y me abrazó tan fuerte que creí que me iba a romper.

Sólo entonces entendí que él, en ningún momento, había estado jugando.

Aquel mismo día, por la noche, vinieron unos señores muy extraños a casa y me examinaron con cuidado. Traían linternas y focos con los que me observaron atentamente. Luego consultaron varias cosas con papá y, después de hacerme unas preguntas, se marcharon. Papá, entonces, se dejó caer en un sofá con la cabeza entre las manos. Verle agitar los hombros de aquella manera me asustó mucho. Papá era un hombre muy fuerte y no se derrumbaba por nada. Me senté a su lado y, sin saber muy bien qué hacer, le acaricié el pelo. No sabía cómo consolar a un adulto; yo sólo sabía acunar a mis muñecas. Papá alzó la cabeza y me miró, forzando una sonrisa. Fue la primera vez que le vi llorar, pero no la última. A lo largo de los años le sorprendí llorando varias veces cuando creía estar solo.

Al día siguiente, empaquetamos todas nuestras pertenencias y llegamos a una isla perdida de Escocia. Era muy bonita pero casi siempre hacía mal tiempo, por lo que resultaba imposible mantener el buen humor permanente del sur. Papá compró una gran mansión e hizo instalar en ella una iluminación muy especial. Había muchos interruptores distribuidos por todas las habitaciones, pero todos servían para lo mismo: si se presionaban, independientemente de donde estuvieras, se encendían o se apagaban todas las luces de la casa a la vez.

Recuerdo que aquélla fue una época triste porque papá no quería que saliera ni que conociera a otros niños. Para evitar que fuera a la escuela, contrató a una institutriz que acudía diariamente a nuestra casa y se encargaba de enseñarme cuanto sabía. Al menos, y ése es el recuerdo más bonito que tengo de aquellos años, me compró varios caballos, que desde el comienzo se convirtieron en mis mejores, mis únicos amigos.

Hace dos días, sin embargo, papá me sorprendió frente al televisor, contemplando cómo un grupo de chicos y chicas de mi edad reían y bailaban en una fiesta. Me vio tan triste que se sujetó el pecho como si le hiciera daño respirar y se encerró en su habitación. Al día siguiente, hicimos de nuevo las maletas, pero esta vez yo sentí miedo. La maleta de papá era muy pequeña, de ida y vuelta, mientras que la mía era enorme, como para una larga estancia no sabía dónde.

Tomamos el avión, y después de muchas horas de viaje llegamos al aeropuerto y cogimos un taxi amarillo. Papá le dio al taxista la dirección. «Mansión Sákara», leí que ponía. Los rascacielos eran enormes y nevaba, nevaba, no paraba de nevar. Me fijé en que entre dos grandes edificios había un parque y en el centro del mismo una alargada fachada con siete torreones. El taxista giró y se adentró entre las verjas. Leí el rótulo: «Mansión Sákara. Escuela para niños especiales.» ¿Eso era yo para papá?, me pregunté con el corazón oprimido, ¿una niña especial?

Papá pagó el taxi, sacó las maletas y me indicó suavemente que me dirigiera hacia la entrada. Un mayordomo de rostro indefinido nos recibió, inclinó ligeramente la cabeza y dijo:

—Pasen, por favor. El director les está esperando.

Le seguimos por un largo vestíbulo. El decorado parecía casi medieval. Un señor alto, vestido de negro, salió a nuestro encuentro y nos invitó a pasar a su despacho. Allí, dos muchachos de mi edad, extrañamente vestidos, como de otra época, se me quedaron mirando con la misma cara de perplejidad con la que yo debía de estar examinándoles a ellos.

Me fijé en el moreno, de pelo negro liso y ojos marrones. Jamás había visto una mirada así en alguien tan joven.

3

Los dos muchachos volvieron silenciosamente a su dormitorio. Ari se acostó en su camastro y se quedó allí, inmóvil, con la mirada perdida en el cielo de la ventana Norte, la que jamás había sentido como suya. No era posible que él hubiera nacido en un lugar tan inhóspito, en un sitio donde la naturaleza había sido sustituida por el asfalto. Volvió la cabeza y observó a Aldo. Su amigo estaba medio recostado en su cama, haciendo tallas de madera con su navaja. Siempre se le había dado bien aquello de encontrar animales ocultos en las ramas o en los troncos de los árboles.

—Ocurra lo que ocurra no me separarán de ti, Aldo. Eres mi única familia —declaró Ari con la voz algo tomada.

Aldo alzó la cabeza un instante para volver a sumergirla de nuevo en su tarea.

—No es algo que podamos decidir ni tú ni yo, Ari. En tu mundo tan sólo soy una lápida en un cementerio; en el mío tú ni siquiera existes.

Ari sacudió negativamente la cabeza. Él no tenía el

carácter reflexivo de su amigo ni podía aceptar resignadamente su destino sin luchar.

—Aldo, no dejes que nos separen, por favor. No es cierto lo que dicen —murmuró—. ¿Cómo puede ser que yo no exista en el lado Sur si, de hecho, viví allí siete años? ¿Cómo podría ser eso cierto si procedo del presente?

—No lo sé, Ari, pero seguro que ese dato no le ha pasado desapercibido a Diagor.

—Entonces, ¿por qué no ha dicho nada? ¿Acaso no ves que nos están manipulando? —manifestó con gesto esperanzado. Se levantó de un salto y se aproximó al camastro de su amigo—. Ven, anda, bajemos al patio e intentemos averiguar algo.

Pero a Aldo no le apetecía moverse porque no creía que estuviera en su mano hacer nada. El hombre era un esclavo del tiempo y nunca podría liberarse de sus cadenas. Alzó la vista hacia su amigo y sintió que su corazón se le llenaba de pena. Nunca antes había pensado que sus caminos tuvieran que separarse tan pronto.

—Aldo, por favor —insistió Ari.

Aldo suspiró; no podía ignorar aquella angustia. Los ojos de su amigo le suplicaban que, aunque no lo creyera posible, aunque sólo fuera por él, intentara luchar contra el destino. Así pues, se levantó y preguntó con gesto cansado:

—¿Adónde quieres ir?

Pero no obtuvo respuesta porque su impulsivo amigo, tras oír su frase de conformidad, se había precipitado ya por las escaleras y el eco de sus pasos le llegaba en aquel momento desde el adarve. Aldo suspiró de nuevo y le siguió. Al alcanzar el camino de ronda, divisó a lo lejos la figura de su amigo que acababa de abordar a Ciro y le bombardeaba con preguntas que, sin embargo, a éste no parecían sorprenderle. A Aldo no le extrañó el sosiego del instructor. Eran las consultas habituales que sus alumnos le habían formulado una y otra vez a lo largo de los años.

Aldo llegó a la altura de Ari justo cuando Ciro le sonreía benévolamente y le repetía:

—Ari, no me sigas agobiando. Yo soy tan sólo un instructor de campesinos. No tengo tantas respuestas en mi cabeza. Ve y pregúntaselo a Diagor. Precisamente hace un momento estaba en su despacho.

Y Ari se dirigió, sin vacilar, hacia la Torre del Homenaje, a pesar de que aquella misma mañana había hablado ya con el señor del castillo. Ignoró al centinela y subió como un rayo las escaleras que conducían al despacho de Diagor. Estaba a punto de irrumpir en la estancia cuando oyó, a su espalda, la voz cansada de Aldo. Se volvió hacia él.

—Ari, amigo, ¿no te das cuenta de que no hay nada que podamos hacer? ¿Nunca has oído hablar de las Puertas de Sákara? Son puertas sabias, Ari; puertas del tiempo. No podemos traspasar sus barreras porque destruiríamos las leyes de la naturaleza, las leyes que se transmiten de padres a hijos.

Ari sintió ganas de llorar. Jamás había tenido un amigo como Aldo, jamás encontraría uno igual en cualquiera de ambos mundos. No podía rendirse.

—Se lo preguntaré —dijo con resolución, y Aldo se encogió de hombros. Sólo le quedaba esperar que, en aquel despacho, Diagor tuviera las palabras adecuadas para calmar a su amigo.

Ari llamó a la puerta y, casi al instante, la voz del señor de la fortaleza resonó al otro lado, invitándoles a pasar. En cuanto los dos muchachos entraron, Diagor alzó la vista y, al reconocer de nuevo a Ari, sonrió, aunque no del todo sorprendido.

—Parece que en un solo día estamos hablando más que en los siete años que lleváis aquí.

Era cierto. Hasta entonces el muchacho apenas había cruzado dos o tres frases con el señor de la fortaleza. Los internos tan sólo se relacionaban con los instructores, que eran los encargados de enseñarles a desenvolverse en el mundo que se desarrollaba al otro lado de las puertas de la fortaleza, aquel que habían dejado atrás.

—A ver, muchacho, cuéntame... —prosiguió Diagor con amabilidad—. ¿Qué es lo que te inquieta ahora?

Ari tragó saliva. La desesperación le hacía sentirse osado.

—No estoy de acuerdo con lo que has dicho antes, Diagor —susurró débilmente. Se sentía diminuto ante el señor de Sákara, incómodo por molestarle de nuevo, pero en aquel momento estaba asustado y necesitaba que un adulto le asegurara que todo iba a ir bien—. Yo vine del lado Sur, me acuerdo perfectamente.

—Nadie niega ese hecho, Ari.

—Pues, en tal caso, por fuerza he de pertenecer a ese mundo. Las personas del futuro no acuden al pasado y viven tranquilamente allí durante siete años. Si no perteneciera al Sur, no hubiera podido permanecer durante tanto tiempo.

El señor de la fortaleza suspiró y, tras mirar con indulgencia al muchacho, movió negativamente la cabeza.

—No es tan sencillo, Ari. Hay grietas en el tiempo por las que te puedes colar en un mundo que no te pertenece. A veces, la gente las encuentra, las atraviesa y provoca cambios inevitables.

Ari escuchó, esperanzado.

—¿Eso quiere decir que Aldo y yo podríamos estar juntos si encontráramos una grieta?

—Sí, si queréis ser desdichados el resto de vuestras vidas e ir marchitando vuestra felicidad y la de los vuestros —respondió con calma—. Nadie puede ser feliz sin estar en el lugar al que pertenece.

Ari le miró, con gesto reticente, y Diagor suspiró.

—Una de las primeras cosas que el ser humano ha de aprender es a aceptar la pérdida de las personas que quiere, Ari. —Calló un momento y luego, tras un instante de reflexión, confesó—: Mi padre no supo aceptar que mi hermano había desaparecido para siempre y malgastó el resto de su vida buscando quimeras. Nos abandonó a mi madre y a mí, y dejó de vivir porque se quedó enganchado en el mundo de los espectros.

Ari sintió la mano de su amigo en el hombro y supo que éste estaba de acuerdo con Diagor. Todo el mundo parecía estar contra él.

—No te enfades con Aldo. Os queda muy poco tiempo para estar juntos —le aconsejó Diagor al percatarse de la tirantez que reflejaba el rostro del muchacho—. Él sabe de lo que hablo porque él procede realmente del lado Sur. Allí no existen la medicina ni los cambios tecnológicos; allí la gente debe acostumbrarse desde muy pequeña a convivir con la muerte. Aldo sabe que las despedidas, a veces, son inevitables.

Ari se sintió como si le acabaran de atravesar con un puñal. Aldo pertenecía al lado Sur y él, al lado Norte, y entre ellos parecía haber surgido de la nada un abismo. No entendía nada.

—¡¿Y qué se supone que debo hacer entonces?! —gritó casi llorando—. ¿Esperar con los brazos cruzados a que el destino me lo acabe arrebatando todo?

—En absoluto. Hay respuestas de tu vida que debes encontrar.

—¿Qué respuestas? —contestó bruscamente.

—Piensa un poco, Ari. Ya sé que no está en tu naturaleza enfrentarte con serenidad a los enigmas, pero debes hacerlo —dijo Diagor, intensificando la fuerza de su mirada—. El hecho de que tú nacieras en el lado Norte implica ciertas cosas. ¿Qué hacía tu madre en el lado Norte en el momento de tu nacimiento? ¿Qué sabes de tu padre?

Durante un momento, Ari guardó silencio. No tenía respuestas para aquellas preguntas; nunca las había tenido.

—Pero eso no importa, Diagor. Viví siete años en el lado Sur. ¿Cómo hubiera sido posible si es cierto que procedo del lado Norte?

Diagor se encogió de hombros.

—No lo sé, Ari. La respuesta está en ti, no en mí. He dado órdenes a Ciro para que mañana os explique la razón por la que estáis aquí. Eso, y haberos protegido de los vuestros hasta ahora, es todo lo que puedo hacer por vosotros. Lo siento, sé que la vida no os lo ha puesto fácil, pero, seguramente, gracias a los obstáculos obtendréis una sabiduría que otros no tienen.

Ari estaba a punto de replicar cuando su mirada se encontró con la de Aldo y decidió no insistir. La tristeza de su amigo era sincera y él nunca aceptaba las cosas si no eran absolutamente inevitables.

Aquella noche, Aldo y Ari acabaron en la parte alta de la torre, tumbados en el suelo, mirando las estrellas. Aunque ambos hacían esfuerzos por aparentar que todo seguía igual, la alegría parecía haberse esfumado de sus rostros.

—¿Qué estrellas serán éstas? ¿Las del lado Norte o las del lado Sur? —preguntó Ari señalando con su brazo el cielo.

—Son las mismas en ambos lugares. La edad de las estrellas es tan grande que nuestras vidas apenas representan segundos para ellas.

Ari se volvió sorprendido hacia su amigo.

—¿Cómo lo sabes?

—Me lo dijo Ciro. Una vez le pregunté si las estrellas del cielo habrían presenciado la muerte de mis padres.

Ari se quedó en silencio. Nunca se le había ocurrido que el inquebrantable Aldo pudiera tener aquel tipo de pensamientos, que también él pudiera añorar, cuando estaba solo, a los padres que había perdido.

—Pero tú tienes un hermano, Aldo. No estás solo en ese lado.

Aldo suspiró y se quedó en silencio, rememorando sus escasos recuerdos de Atom.

—A estas alturas supongo que mi hermano tendrá ya una familia propia. Se alegrará, al igual que yo, de que me vaya bien, pero entre nosotros hay un muro de incomprensión, Ari. Él es normal. Él no sabe lo que es vivir aquí, ni lo que significa ser apedreado; a él nunca le han escupido a su paso como si fuera un leproso.

Aldo calló un instante, que la luna aprovechó para bañarle con su luz.

—Hay muchas formas de estar solo, Ari.

Ari dejó que su espíritu volase hacia las estrellas lejanas, hacia las estrellas eternas, las que no entendían de pasados ni de futuros.

—No es justo.

—No, pero casi nada lo es, Ari.

—Prométeme una cosa, Aldo.

Aldo aguardó expectante. Desde siempre temía las peticiones de su amigo. Se dejaba llevar tanto por los impulsos que, a veces, lo que pedía no era razonable.

—Si logran separarnos... —La frase se le ahogó por la emoción, y tuvo que repetirla de nuevo—. Si logran separarnos, Aldo, no me olvides nunca.

Aldo le sonrió con ternura. ¿Cómo olvidar que durante siete años habían descubierto el mundo juntos, que cuando las tormentas estallaban, luchaban contra el miedo cogidos de la mano; que ambos se habían reído a la vez en la época en que todo les hacía gracia; que teniéndose el uno al otro jamás se habían sentido solos? Era extraño que dos personas tan diferentes se hubiesen entendido tan bien, pero así era. Y aunque él se tomaba muchísimo más tiempo en pensar las cosas, no era menos cierto que algo le faltaba si Ari no estaba a su lado; que su corazón se aligeraba cuando le veía correr por el adarve como si no pudiera albergar en su interior tantas ganas de vivir. Sintió una fuerte opresión en el pecho. Iba a ser duro no tenerle a su lado.

—No podría aunque quisiera, Ari —respondió con la voz quebrada.

La mano de Ari se deslizó dentro de la suya como

cuando eran niños y ambos se quedaron dormidos allí, en la cima de la torre, arrullados por la luna y por la noche, soñando que eran estrellas que se burlaban de las limitaciones de los hombres y desafiaban las leyes del tiempo.

4

El instructor Ciro los esperaba en el centro del patio de armas. Junto a él se encontraba la chica nueva, la que habían visto llegar al despacho de Diagor el día anterior, y otra, de pelo castaño y ojos oscuros, que se llamaba Silvana y procedía del lado Sur. En la fortaleza solían decir que había sido un milagro que llegara sana y salva a Sákara, porque hablar sola en el lado Sur era muy peligroso. En varias ocasiones, los ancianos de su pueblo habían estado a punto de quemarla por bruja. «En el lado Sur, siempre que oyes voces son de demonios; los espíritus benévolos deben de ser mudos», pensó Ari con sarcasmo.

—No sé si conocéis a vuestra nueva compañera —dijo Ciro—. Se llama Elene.

Ari la miró y sintió que se ruborizaba. Aquella chica era muy guapa. Sus ojos grises y su pelo rubio parecían hechos de aire; sus movimientos, tan livianos que resultaban desconcertantes. Era la persona más etérea que había conocido en su vida y, sin embargo, en el fondo de sus ojos había una profundidad que se te metía en lo más hondo y te conquistaba. Quizá por ello, y a pesar de que su amigo era la persona más sólida y con los pies más en la tierra de toda la fortaleza, aquella chica le recordaba a Aldo.

A Ari le resultó extraño que un interno averiguara el mismo día de su ingreso las razones que le iban a retener allí, pero era obvio que aquella chica, dada la edad a la que se incorporaba a Sákara, ya no sólo no se iba a normalizar sino que, al igual que ellos, necesitaría explicaciones para poder seguir su camino.

Cruzaron el vestíbulo de la torre central y salieron al otro patio, el del lado Norte. Una oleada de aire frío les congeló la cara y sus dientes rechinaron al enfrentarse al viento gélido del norte.

—Envolveos bien en vuestras capas —les aconsejó Ciro—. En este lado es invierno.

Mientras lo hacían, todos escuchaban a Silvana que, con la misma cadencia que si estuviese recitando una letanía, no paraba de murmurar cosas ininteligibles. Ciro se volvió hacia ella y le aconsejó:

—Intenta contenerte un poco, Silvana. Es cierto que vamos al lado Norte y que allí nadie te va a quemar por hablar sola, pero no es conveniente que llamemos la atención. A los alguaciles de allí les encanta apresar a gente rara y hacerles preguntas. ¿Todos listos? Bien, salgamos ya. Vosotros dos... —dijo señalando a Aldo y Silvana— esperad aquí conmigo a que pasen primero vuestros compañeros. Diagor os ha concedido una hora de permiso para estar en el lado Norte; transcurrido ese tiempo deberéis volver. Ari y Elene, si quieren, pueden quedarse más tiempo fuera.

—Yo volveré con Aldo —se apresuró a puntualizar Ari.

—No digas tonterías —indicó su amigo—. ¿Te pasas la vida suspirando por salir de la fortaleza y ahora quieres volver al cabo de una hora? Venga, hombre, disfruta un poco fuera. Ya nos veremos luego.

—No, volveré contigo. Allí no se me ha perdido nada —insistió, y esta vez no era tan sólo por Aldo. Le asustaba aquella puerta Norte. No podía dejar de verla como una amenaza.

Ciro frunció el ceño.

—Debes aprender a amar el lado Norte, Ari. Es el lugar al que perteneces.

Ari rehuyó la mirada del instructor.

—Sí, todos decís lo mismo pero yo no puedo pertenecer a un sitio que no me gusta sólo porque todos digáis que tiene que ser así.

Elene habló entonces por primera vez.

—Hay sitios muy bonitos ahí fuera, Ari. A veces, uno rechaza cosas que no conoce porque se imagina que son peores de lo que en realidad son.

Ari la miró y optó por callar. No había sido muy cortés por su parte darle a entender que detestaba su lugar de nacimiento, pero no podía evitarlo; su repulsa por el lado Norte era enorme, y más ahora, cuando significaba la separación de Aldo.

Aceleró el paso para alejarse de aquella conversación, pero poco después se detuvo al encontrarse frente a la puerta Norte. La contempló con aprensión. Era muy gruesa y le costaría, al menos, cinco de sus pasos atravesarla. ¿Y si aquella puerta tampoco le permitiera el paso? ¿Y si resultaba que, al fin y al cabo, él no pertenecía a ningún sitio? Tomó aire y se armó de valor para dar un primer paso, y luego otro, y otro más... Pronto comprobó, sin embargo, que sus temores eran infundados. Esta vez no hubo ningún portazo, ningún rechazo, ninguna mala sensación. La puerta del Norte le daba la bienvenida, asegurándole que pertenecía, sin lugar a dudas, a su mundo.

Una vez Ari y Elene hubieron traspasado el umbral, la puerta se cerró de golpe delante de Aldo y Silvana. Luego, al igual que el día anterior, se volvió a abrir, permitiendo que los miembros del grupo se reunieran de nuevo. Bajaron las escaleras de entrada y se adentraron en el jardín que todos los internos contemplaban desde sus ventanas orientadas al Norte. Ari se volvió y comprobó que, de aquel lado, Sákara se asemejaba más a un edificio que a una muralla; que desde allí, la ausencia de dimensiones parecía más bien una cuestión de ángulo que de estructura.

Al salir del parque que rodeaba a la mansión Sákara, Aldo, Silvana y Ari se quedaron paralizados ante la primera calle con coches que veían en su vida. Desde sus ventanas en las torres, sólo alcanzaban a ver los lejanos rascacielos y los pájaros de metal que surcaban el cielo, dejando a su paso estelas de humo. La base de los edificios, donde discurría la vida de la gente, les resultaba desconocida.

—Venga, chicos, moveos —les empujó Ciro—. No tenemos mucho tiempo.

Aunque los internos del lado Sur obedecieron y empezaron a caminar, les resultaba imposible hacerlo con la misma soltura que Elene. Había demasiadas cosas alrededor que les llamaban la atención. Sus ojos observaban impresionados las luces que parpadeaban como enloquecidas sin ningún fuego que las avivase; los carros sin caballos; las alargadas casas de cristal que arañaban el cielo, más altas que las catedrales. Aquel mundo era terrible, pensó Ari, intimidado por el bullicio y asustado por aquel enjambre humano que se dirigía presuroso a todas partes. Sólo Ciro y Elene parecían tranquilos. Su principal preocupación, a juzgar por la manera en que les miraban de soslayo, era cerciorarse de que los demás asimilaban, sin perder el juicio, aquella avalancha de sensaciones.

Aunque hacía frío, la mañana era soleada y el cielo estaba casi despejado. Llegaron a una amplia plaza rodeada de edificios de piedra, no tan modernos como era habitual en el Norte. La circulación de coches estaba prohibida y sólo había peatones. En uno de los extremos se alzaba una iglesia, y Ciro les indicó que se sentaran en las escaleras que descendían desde el pórtico. Los muchachos obedecieron y el instructor, apuntando al centro de la plaza, les indicó:

—Observad bien a las personas que transitan por la plaza. En cuanto el sol asome detrás de esa nube, descubriréis lo que significa ser normal.

El corazón de los muchachos palpitó con fuerza al escuchar las palabras del instructor. Después de tanto tiempo, estaban a punto de conocer al fin el misterio de su existencia. Sus ojos empezaron a seguir enfebrecidos a la gente, intentando descubrir qué era lo que les hacía tan diferentes de ella. Sin embargo, por mucho que la observaban, no hallaban una respuesta. Aparentemente, aquellas personas en nada diferían de los internos de Sákara. Así que, a falta de respuestas, todos acabaron alzando la vista hacia la nube que ocultaba el sol; aquella que, según Ciro, les desvelaría el secreto. Detrás de su esponjosa silueta, se intuía un leve resplandor que avanzaba, lenta pero inexorablemente, hacia el claro del cielo.

Y de repente, la luz brilló y todos lo supieron. Decenas de personas revoloteaban ante ellos, exhibiendo su normalidad en todo su esplendor. Se miraron unos a otros, desconcertados. Las personas de la plaza paseaban erráticamente, y ellos no cesaban de contemplar sus movimientos como hipnotizados. Jamás habían visto nada igual.

Ari fue el primero en expresar en palabras lo que todos sentían:

—Pero si todos son iguales...

—No es posible —balbuceó Aldo. En su cabeza no le entraba que aquello tan insulso fuese lo normal—. No es posible.

—Lo es. Ésa es vuestra diferencia. Por eso sois especiales, chicos —ratificó Ciro antes de tomar aire y pronunciar la frase por la que cada interno suspiraba durante años—. Vuestras sombras son defectuosas.

Las personas seguían deambulando por la plaza y Ari no se cansaba de mirarlas. Todos los individuos proyectaban una sombra alargada e inerte que se correspondía a la perfección con la silueta de su dueño y le imitaba obedientemente.

—Por eso debéis salir siempre al exterior con vuestras capas errantes —les explicó el instructor—. Están hechas de una tela especial que proyecta sombras que no difieren de las del resto y que, por tanto, no llaman la atención. No os las quitéis nunca. La gente no es comprensiva con lo que no entiende.

Ciro les dejó recrearse un rato más con la normalidad, y luego ordenó que emprendieran el regreso. Los

muchachos obedecieron, pero le seguían distraídos.
Aquella imagen les había dejado tan apabullados que, de vez en cuando, necesitaban echar furtivas miradas a sus respectivas sombras para comprobar que, efectivamente, tal como había afirmado el instructor, su capa errante proyectaba una sombra triangular que se ajustaba perfectamente con su silueta.

La voz de Ari sonó muy suave, casi incrédula, al preguntar:

—Ciro, ¿estás tratando de decirnos que la gente nos ha perseguido hasta casi matarnos tan sólo por tener sombras diferentes?

El instructor calló como si no supiera contestar. Las miradas de todos los muchachos se centraron en él esperando el veredicto.

—En parte. Pero todavía no os lo han contado todo. Venga, démonos prisa. La hora está a punto de finalizar.

SILVANA

Siempre supe que mi sombra no era normal. Por eso no me extrañó que el motivo de nuestro encierro estuviera relacionado precisamente con ella. De hecho, casi sentí alivio al enterarme de que había otros como yo; otros cuyas sombras eran también capaces de condicionar sus vidas.

No sé qué tipo de sombra tendrán Aldo y Ari porque, al ser chicos y tener un instructor diferente al mío, apenas les conozco. Quizás, al igual que a otros internos, sus sombras no les hayan causado demasiados problemas. Ojalá. No desearía que su vida hubiera estado tan poblada de amargura como la mía.

He oído hablar de siameses, de personas que nacen unidas por alguna parte de su cuerpo y, aunque entiendo su angustia, no puedo dejar de envidiarlas porque al menos cada una de ellas, aun no teniendo intimidad, es dueña de sus actos. En cambio, una sombra como la mía te hace ser diferente porque te obliga a actuar como ella quiere. Por culpa de mi sombra, por ejemplo, nunca he podido tener un solo amigo. Cada vez que intentaba hablar con alguien que me agradaba, mi sombra, sin que los demás se percatasen, se levantaba del suelo y me susurraba tan insistentemente cosas al oído que me resultaba imposible escuchar a nadie más. Poco a poco ha conseguido que todos, incluso los del interior de la fortaleza, me tomen por loca. Y no les culpo. Al fin y al cabo, ¿quién, aparte de mí, necesitaría gritar a su sombra o hacerle aspavientos para que le deje en paz?

Y lo malo es que no lo entiendo. En serio que no entiendo por qué mi sombra se comporta así conmigo. ¿Qué le he hecho yo para que esté siempre contra mí? ¿Qué motivo tiene para haber buscado mi ruina toda la vida? A veces, no puedo más y siento que me hundo, que no hay esperanza para mí, que ya no me quedan fuerzas para luchar. Sí, ya sé que suena exagerado, pero ésa es la realidad, ¿no? Hasta el momento, que yo sepa, nadie ha descubierto la manera de escapar de su propia sombra.

El señor del castillo, Diagor, siempre ha sido muy amable conmigo. Cada vez que me encontraba llorando en algún rincón del castillo, me invitaba a charlar con él y siempre encontraba palabras de consuelo para mí. Me acuerdo de una conversación que sostuve con él hace tiempo. Yo no entendía por qué los demás internos no se fijaban en sus sombras hasta que sus instructores se lo indicaban al cabo de los años. Él me sonrió y me dijo que las sombras imperfectas sólo empezaban a revelarse a partir de los siete años. Era entonces cuando los familiares lo descubrían y decidían llevar a sus hijos a la fortaleza y dejarles a su cargo. Una vez allí, los internos se acostumbraban a que las sombras de sus compañeros fueran diferentes y no les llamaba ya la atención. Al contrario: les acababa resultando tan natural como el hecho de que las personas nacieran con distintas voces.

Y yo le escuchaba, aunque no del todo convencida, porque yo sí que recordaba perfectamente las sombras del mundo que había dejado atrás.

Diagor adivinó mis pensamientos y me dijo:

—Tú tuviste que aguantar muy pronto los ataques de tu sombra, Silvana. Es normal que intentaras averiguar la razón. Pero eso no es lo habitual; lo natural es que las sombras no incordien tanto como la tuya. Por eso los internos de Sákara no se fijan tanto en ellas y acaban integrándolas como algo natural.

Tras aquella conversación, observé atentamente las reacciones de los demás chicos y me di cuenta de que Diagor tenía razón. Una vez la gente definía sus propios patrones de normalidad y se acostumbraba a ellos, ya no se cuestionaba nada nunca más.

Recuerdo haberme sentado muchas veces en el patio de armas, observando a mis compañeros durante horas y horas con el ánimo decaído. Algunos, al descubrirme, me miraban recelosos, sin acabar de entender por qué les examinaba con tanta atención. Seguro que no podían imaginarse que una chica como yo pudiera envidiar sus sombras imperfectas, pero así era. Al fin y al cabo, si sus vecinos les habían perseguido era porque veían algo extraño en ellos. A mi sombra, en cambio, le encantaba disfrazarse de normal. Si paseaba por el pueblo, en nada difería mi sombra de las demás; parecía tan obediente e inerte como ellas. Pero eran simples apariencias. A solas, me hostigaba sin descanso. Muy pronto, además, se cansó de incordiarme a escondidas y descubrió que podía jugar a las marionetas conmigo. Sobre todo cuando paseábamos delante de los ancianos del pueblo. Entonces se desmarcaba de mí y se contoneaba como una idiota, obligándome, para no ser descubierta, a imitarla. Como si ella fuese la persona y yo, su sombra. Y eso era horrible porque sentía que perdía las riendas de mi propia vida.

Es cierto que, a veces, para evitar represalias, soy yo la que decido imitarla voluntariamente; pero otras, ella hace cosas y yo no tengo más remedio que repetirlas porque es como si una fuerza interior me obligase a ello, como si mi sombra me hipnotizase. Diagor me explicó que la ley natural ordenaba que las sombras imitasen a las personas, pero que si uno no era capaz de controlar su propia sombra, se veía entonces condenado a ser él mismo quien repitiera su proceder. Por eso las sombras podían llegar a tener tanto poder.

Fue mi tío Frosen el primero en darse cuenta de mi problema y me trajo a Sákara donde, por desgracia, tampoco he sido especialmente feliz. Cualquiera que se acerque a mí acaba mal porque mi sombra me usa para atacarle sin que yo pueda hacer nada para evitarlo.

Ayer, además, al volver de una incursión al Sur, Diagor me apartó un momento del resto y me contó algo que me estremeció.

—Te queda poco tiempo aquí, Silvana. La próxima semana deberás volver al lado Sur. No puedo retenerte por más tiempo en Sákara.

Le miré asustada. No era posible que el benevolente señor de la fortaleza me arrojase de nuevo a los lobos.

—Tienes ya catorce años. De hecho, casi quince.

Llegaste con ocho años y, dadas tus circunstancias, te he retenido aquí todo lo que he podido, pero ya no puedo hacerlo más.

Yo no entendía nada.

—Pe-ro no pue-de ser —dije tartamudeando—. Aquí hay internos que superan esa edad.

—Sí, pero del lado Norte. Del presente. Su ausencia no compromete las leyes naturales. Sin embargo, tu estancia aquí es peligrosísima. Lo siento, Silvana, pero dentro de poco deberemos despedirnos.

Al escucharle tuve la sensación de que el suelo se desvanecía bajo mis pies. Y es que yo conozco lo suficiente a Diagor para saber que siempre habla en serio.

5

Al cabo de una hora los muchachos regresaron, silenciosos, a la fortaleza. El instructor les citó para el día siguiente en el despacho de Diagor y les dejó solos en el patio de armas. Tras su marcha, ninguno se movió de allí. Necesitaban tiempo para asimilar lo ocurrido. Había sido una hora muy intensa y cada uno parecía inmerso en sus propias sensaciones.

Ari fue el primero en quitarse la capa errante y colocarse frente a una de las antorchas. Se volvió a medias y observó la sombra tendida a sus pies. Echó luego una ojeada a la tan conocida de Aldo, y se fijó, por último, en la de Silvana.

—La tuya parece muy normal —dijo intentando sin éxito pronunciar la palabra «normal» con naturalidad.

La chica se encogió de hombros pero no contestó. Aldo se aproximó a ella y, tras contemplar la mancha oscura durante un buen rato, suspiró:

—Tienes mala suerte, Silvana. Una sombra defectuosa que, sin embargo, parece normal, es una sombra que no juega limpio. Seguro que le gusta que los demás piensen que su dueña es quien tiene la culpa de todo lo que ella hace.

A la sombra aludida, aquel comentario pareció irritarla sobremanera porque alzó el brazo para golpear a Aldo y Silvana no tuvo más remedio que obligar a su propio puño a repetir el movimiento. Afortunadamente, Aldo tenía buenos reflejos y se cubrió el rostro con rapidez.

—¡Eh, quieta! —protestó el chico, sorprendido al descubrir los nudillos de la muchacha a un palmo de su cara. El rostro de Silvana reflejaba, sin embargo, tal desconcierto, que Aldo enseguida entendió lo que ocurría—. ¡Uff, muchacha!, debe de ser horrible no poder fiarte ni de tu propia sombra.

Al oír aquellas palabras, Silvana no pudo más y se echó a llorar. Se sentía atrapada, a merced de una sombra malvada a la que nunca podría dar la espalda como hacían otros internos. Aldo sintió una oleada de compasión y, aunque un poco cortado ante la idea de consolar a una chica, se acercó a ella y la abrazó. Al principio Silvana, temiendo la reacción explosiva de su sombra, que no aceptaba nada bien ningún tipo de contacto humano, se resistió un poco, pero al darse cuenta de que la sombra de aquel muchacho era capaz de contener a la suya, enseguida dejó la mente en blanco y se dejó reconfortar. Pronto sintió que una oleada de paz inundaba todo su ser, una sensación a la que no estaba en absoluto acostumbrada. Al cabo de un rato se separó lentamente de Aldo mientras su mirada, avergonzada, se refugiaba en el suelo. No estaba acostumbrada a aquellas muestras de afecto.

—¿Estás ya mejor? —preguntó Aldo, preocupado.

Desde niño era muy sensible a la angustia de los demás y no se sentía tranquilo hasta que todos los que estaban a su alrededor alejaban de sí la tristeza.

Silvana asintió con una tímida sonrisa de agradecimiento. Se secó las lágrimas y dejó que sus ojos recorrieran el trozo de suelo cercano a Aldo. Deseaba conocer aquella sombra que le había proporcionado una calma hasta entonces desconocida. Al descubrirla, no pudo menos que sonreír. La sombra de aquel muchacho era la más bonita que había visto en su vida. Era la silueta de un gran árbol cuya copa parpadeaba cuando los rayos de sol se filtraban por sus resquicios.

Ari consideró en silencio la reacción de la chica. Alguna vez se había preguntado por qué su amigo tendría una sombra tan diferente a la suya, pero no le había dado más vueltas al asunto. Una sombra tan quieta y tan sólida como la de un árbol se ajustaba tanto a la manera de ser de Aldo que ni siquiera había pensado que no fuese normal. En cambio la suya era el fiel reflejo de su carácter. Desde siempre, una sombra de caballo se enganchaba a sus pies como reflejo de su propia alma, y era tan similar a él que no la podía sentir como algo ajeno. A ambos les encantaba correr sobre la hierba o a orillas del río bajo el sol.

Y de pronto se acordó de Elene y la buscó con la mirada. ¿Dónde se había metido? Pronto la encontró. Estaba sentada, lejos de la luz, observando las sombras de sus compañeros desde aquel rincón oscuro.

Ari no se atrevió a pedirle que se acercara a la luz. Incluso él, que se dejaba llevar tan fácilmente por los arrebatos, se daba cuenta de que aquélla era una petición muy personal.

—Con una sombra como ésa debe de resultarte muy difícil estar encerrado —murmuró la chica con una sonrisa algo triste.

Ari observó su sombra, sonrió y se sentó a su lado.

—También no meterme en líos. Pregúntale a Aldo. Si me acorralan, no sabes lo que puedo llegar a encabritarme.

Elene sonrió a su vez. Recordaba perfectamente el carácter de los caballos que había dejado en Escocia. A un caballo había que ganárselo poco a poco, con paciencia, con esfuerzo; pero una vez lo conseguías, una vez lograbas su confianza, te era leal para siempre.

—Tu amigo, sin embargo...

Pero no pudo continuar la frase porque precisamente Aldo y Silvana, como si se hubieran sentido aludidos, aparecieron inesperadamente delante de ellos.

—¿Vamos al adarve? —propuso Aldo.

—Idos vosotros. Yo prefiero quedarme aquí un rato más —dijo Elene fijando obstinadamente su vista al frente, como si ignorase que en el trayecto de su mirada había un montón de piernas obstaculizando su visión.

Los tres chicos intercambiaron una mirada de entendimiento. A ninguno se le escapaba el intento de la chica por ocultar su sombra. Ahora que había descubierto que era anormal, parecía haber surgido en ella el pudor por enseñarla.

Aldo le tendió la mano a la chica y, a pesar de que Elene no se la tomó inmediatamente, la sostuvo allí, en el aire, con firmeza.

—Venga, Elene, vamos. No es casual que estemos los cuatro juntos en esto. Los instructores siempre eligen cuidadosamente a quienes forman los grupos. Debemos confiar los unos en los otros. —Pero la chica no se movía y Aldo suavizó aún más la voz al añadir—: Venga, Elene. Seguro que lo que le pasa a tu sombra no es tan terrible.

Elene dudó un par de minutos pero no pudo resistirse más. El brazo de Aldo proyectaba hacia ella una sombra tan protectora como la rama de un árbol brindando su frescor en un día de calor.

La chica inspiró hondo y, finalmente, agarró la mano que le tendían y se levantó. Al entrar en la franja de luz, todos descubrieron lo que pasaba.

—¡No tienes sombra! —exclamó Silvana.

Los muchachos se quedaron boquiabiertos al contemplar cómo la chica se movía por la luz sin que ni una sola ráfaga oscura acompañase su avance. Aquello sí que era excepcional, se dijeron, incluso en Sákara. Una chica sin sombra.

Elene dirigió una mirada llena de tristeza al lugar en el que debía haber aparecido su sombra, el lugar en el que, sin embargo, no había nada, y dijo con voz algo tomada:

—No podéis imaginaros lo que es no tener sombra.

Aquellas palabras dejaron en el aire un silencio tan denso que Ari se apresuró a romperlo.

—Bueno, no es tan terrible. Al menos, no te molesta como la de Silvana.

—No, es cierto —sonrió con amargura—. Tan sólo te hace dudar de tu propia existencia.

Ari la miró sin entender y ella agregó:

—¿Qué crees que significa que la luz no encuentre a su paso nada que la obligue a detenerse?

Aldo se acarició la barbilla mientras reflexionaba sobre sus palabras.

—Bueno, no te preocupes por eso, Elene, alguna razón habrá. Es evidente que la luz tampoco nos encuentra a nosotros. Nuestras siluetas son muy diferentes a la imagen que creemos tener de nosotros mismos.

Elene asintió lentamente, y agradeció el intento del muchacho de que no se sintiera extraña incluso entre los que ya tenían una sombra defectuosa.

—Supongo que, en el fondo, no es una sorpresa; siempre he sentido que me faltaba algo —dijo con tristeza—. Ojalá hubiera seguido en Escocia el resto de mis días creyéndome normal.

—No se puede negar la realidad cerrando los ojos, Elene —dijo Aldo con gravedad. La chica del lado Norte desvió la mirada. Sabía que tenía razón, pero a veces le tentaba demasiado la oscuridad, una oscuridad que negaba la luz pero también todas las carencias.

Aquella noche, todos permanecieron hasta muy tarde en el adarve, contando sus respectivas historias. La sombra de Silvana intentó boicotear el encuentro pero todas sus tentativas se veían frustradas por la de Aldo que, sin que los demás supieran muy bien cómo, se las arreglaba para mantenerla a raya.

Al final de aquella noche, todos se habían hecho amigos. Todos, menos Ari, que, a pesar de sus esfuerzos, se sentía cada vez peor y más solo.

6

La mañana siguiente, Ciro encontró a los cuatro chicos dormidos en el adarve. Tras echarles una buena bronca y mandarles a sus habitaciones para asearse, les recordó que Diagor estaba esperándoles y que si no estaban listos a la hora convenida, él mismo se encargaría de que se hartaran de pelar patatas en las cocinas de la fortaleza. Media hora después estaban todos, bien despabilados, en el despacho del señor de la Muralla de las Sombras, del director de la mansión Sákara, como acostumbraban a llamarle los que acudían allí desde el lado Norte.

—Ciro me ha dicho que ya conocéis la razón por la que estáis aquí —declaró fijando su mirada en cada uno de los muchachos presentes.

—No exactamente —replicó Ari—. En realidad, sólo sabemos que nuestra sombra es defectuosa.

—¿Defectuosa? —repitió Diagor mientras dirigía al instructor una mirada inquisitiva—. ¿Eso les has contado?

Ciro carraspeó, incómodo. A él no se le daba bien

el uso del lenguaje ni se perdía en los matices de las palabras como el señor del castillo.

—Pues no, no es defectuosa —aclaró Diagor, negando con la cabeza—. Es posible que las sombras de otros internos sean defectuosas. Las vuestras no. —Sacó una linterna del cajón y proyectó el haz de luz sobre los desprevenidos muchachos. Sus siluetas negras se recortaron nítidamente sobre el suelo—. Yo no veo nada extraño en vuestras sombras. Están, de hecho, en perfecto estado. Lo único que pasa es que o están ausentes o no os pertenecen.

—Alguien os las cambió —apuntó Ciro señalando la de Ari y la de Aldo.

—¿Y la de Elene? —preguntó Aldo.

—Bueno, es evidente que ella no tiene la sombra cambiada. La suya es una sombra perdida. —Ari estaba a punto de preguntar por la sombra de Silvana, pero Diagor no le dio tiempo—. Sentaos. Debo contaros algo.

Los muchachos obedecieron y tomaron asiento en las variopintas sillas del despacho que Diagor solía emplear cuando hacía las veces de director de la mansión del lado Norte.

—¿Os habéis fijado alguna vez en cómo se forma una sombra? ¿En la riqueza de movimientos que tiene; en la belleza de sus contornos? No, probablemente no, porque casi nadie lo hace. Y es una pena porque es un espectáculo sublime, os lo aseguro. Las sombras tienen vida y nunca se comportan igual. A veces se alargan, otras se acortan; unas se oscurecen hasta adquirir el color de la negra noche y otras, por el contrario, apenas son una silueta de sí mismas. La belleza de las sombras puede llegar a fascinar a quien aprende a entenderlas.

Abrió un cajón y extrajo una figurita de madera. Luego, apagó todas las luces. Salvo Elene, todos los demás se quedaron atónitos. En aquel lado Norte la luz parecía hacerse o deshacerse de forma instantánea con sólo apretar un botón.

—Lo que vais a ver es sólo un ejemplo porque la luz natural se comporta de manera totalmente diferente. La luz del día no es una fuente de iluminación constante sino que cambia de hora en hora y se ve afectada por factores como la latitud, las diferentes estaciones o las condiciones climáticas. Eso provoca una profunda alteración de las formas y de los tonos que resultaría muy difícil de reproducir aquí. Pero haremos lo que podamos. Imaginaos que el sol fuera este fuego...

Diagor prendió una antorcha que estaba colgada en un soporte cerca de su mesa y empezó a moverla por encima de la figurita de madera.

—Bien, a medida que el sol avanza por el cielo, la dirección de la luz natural varía, por lo que las sombras cambian de forma y posición. Por la mañana, el sol aparece por el este y proyecta sombras largas, que se van acortando a medida que avanza la mañana. La luz de mediodía cae prácticamente a plomo sobre los objetos, por lo que las sombras son pequeñas y oscuras. Al atardecer, la luz se vuelve anaranjada y las sombras se alargan de nuevo, pero esta vez hacia el otro lado.

Todos contemplaron absortos cómo Diagor, a modo de ilustración de sus explicaciones, movía la luz por encima de la pequeña figura.

—Mirad. Si la luz se acerca, la sombra se vuelve gigantesca; si se separa se vuelve diminuta. Vuestras sombras serán tanto más negras y recortadas si la luz es intensa y

75

directa; en cambio, la luz difusa creará sombras débiles de contornos poco delimitados o casi imperceptibles.

Diagor apartó la luz un instante, pero luego pareció pensarlo mejor y la colocó exactamente encima de la figura.

—Hay un momento del día, al mediodía, en que el sol está justo encima de todas las cosas y la sombra parece desaparecer. Es entonces cuando la fuerza de la luz se vuelve más intensa y más peligrosa para vosotros. Desde la mañana, la sombra se va acortando porque se va despegando y levantando gradualmente del suelo. A medida que el día avanza, la luz del sol se intensifica y se va haciendo más y más poderosa hasta que, al llegar al mediodía, su potencia alcanza el punto máximo y consigue levantar por entero a vuestra sombra del suelo y ponerla en pie. En ese momento, el espíritu de la sombra se funde con el vuestro y toma posesión de él. Y es en ese momento cuando más plenos, más felices os sentís; vuestra dualidad se ha extinguido, sois uno solo. Con las personas normales no importa que ocurra eso porque su sombra se corresponde exactamente con su silueta; pero, en vuestro caso, al tener una sombra ajena o, en el caso de Elene, al carecer de ella, la cosa se complica.

Tras las sorprendentes palabras de Diagor, cada uno refrescó sus recuerdos y entendió al fin lo que había ocurrido el día en que sus familiares les habían apartado de sus vidas. En todos los casos era mediodía. La luz del sol les había caído en vertical, por lo que sus respectivas sombras, tras abandonar el suelo y erguirse, debían de haberse deslizado dentro de cada uno. Así, Ari se había convertido en un caballo salvaje capaz de surcar como un rayo el prado y dar alcance al jamelgo campesino sobre el que su abuelo pretendía huir de él; Aldo, en un árbol capaz de aferrarse con sus raíces a la tierra del fondo del mar y servir de salvavidas a su hermano, y Elene simplemente había desaparecido porque, al no tener sombra, se volvía invisible cuando el sol incidía directamente sobre ella. De ahí la angustia del padre al no encontrarla por ninguna parte y de ahí también aquella casa de luces uniformes que no creaban sombras y aquel paisaje escocés de niebla permanente. Al concluir sus pensamientos, los tres chicos giraron su cabeza hacia Silvana. Al llegar el mediodía, su sombra, dado que coincidía con su silueta, no se alteraba especialmente. Para su desgracia, su enajenada sombra no descansaba nunca.

—Por eso, a los catorce años, os hacemos entrega de las capas errantes —prosiguió Diagor—. Para ocultar vuestras siluetas y, así, protegeros del sol del mediodía que os convierte en el espíritu de vuestra sombra.

Los chicos miraron intranquilos al señor de la fortaleza.

—¿Eso significa que somos poseídos por nuestras propias sombras? —preguntaron aprensivamente los del lado Sur. Habían crecido demasiado amedrentados por leyendas que hablaban de posesiones satánicas.

Diagor negó con la cabeza.

—No, no sois poseídos. Estáis *influidos* por vuestras sombras —matizó, aunque al percatarse de la extrañeza reflejada en la cara de sus oyentes, se extendió algo más en su explicación—. Eso significa que seguís siendo vosotros mismos pero que vuestra alma se siente tan extasiada por la unión con su sombra que lo que os pudiera parecer razonable en ese momento, podría no serlo tanto después. Pero no asesinaréis, ni robaréis, ni haréis nada que vuestra propia naturaleza no fuera también capaz de hacer. No sois hombres lobo a las órdenes de la luna llena.

—Y entonces ¿por qué nos encerraron aquí?

—Porque potencialmente podéis ser poderosos y eso no le gusta a la gente. Sobre todo, cuando no entiende de dónde surge ese poder. —Y agregó—: Pero no todos son así. Tu hermano, Aldo, y tu padre, Elene, os trajeron aquí para protegeros, no para librarse de vosotros. Además, en tu caso —agregó mirando a la chica—, tu padre descubrió muy pronto lo que te pasaba e intentó llevarte a un sitio nublado, con niebla permanente, donde la luz no tuviese intensidad y en el que nadie pudiera apreciar tu carencia. Sabía que los demás pronto lo notarían y te harían sentir desgraciada.

—¿Y al resto de chicos de Sákara les pasa lo mismo que a nosotros? —preguntó Elene.

Diagor negó con la cabeza.

—No exactamente. Venid. Creo que ya va siendo hora de que os muestre el hospital de las sombras.

Los chicos fueron tras él algo desconcertados. No sabían a qué atenerse. Era la primera vez que oían hablar de aquel lugar y ni siquiera tenían noción de que existiera. Diagor se hizo con un manojo de llaves, salió de su despacho y se dirigió hacia la escalera de caracol. Al llegar a uno de los pisos intermedios, se detuvo en el rellano y, tras abrir una de las puertas, penetró en el interior, seguido por los chicos que ya, desde el umbral, alargaban sus cuellos en un vano intento de vislumbrar algo.

El lugar estaba en penumbra. Entre los pacientes, Ari reconoció a unos cuantos internos; a otros, sin embargo, no los había visto nunca. Diagor sorprendió su mirada y explicó:

—No todas las sombras imperfectas son tan inquietantes como las vuestras, Ari. Hay algunos muchachos que no necesitan estar internos aquí. Basta con que vengan de vez en cuando para recibir retoques. Fijaos en ese de ahí. A su sombra le falta una mano, de modo que, tras implantarle una prótesis, es posible someterlo a un seguimiento semestral. A csos otros les estamos dando una capa de pintura porque sus sombras son de diferentes colores. Como veis, no se trata de algo especialmente problemático; de ahí que con un repaso una vez al año, sea más que suficiente para que puedan llevar una vida normal fuera de aquí.

Ari dio dos pasos al frente y penetró en una franja de luz. Dos de los chicos presentes, al reconocerle, le saludaron afablemente, levantando la mano. Eran internos. Ari les conocía perfectamente, no sólo a ellos, sino también a sus sombras, aunque nunca hubiera pensado que necesitaran arreglos.

—Roy y Aziz necesitan tiempo para adaptarse a sus sombras —siguió explicando Diagor—. Por eso residen en la fortaleza. Venid, chicos, hacedles una demostración a vuestros compañeros.

Roy se levantó y se puso frente a la luz que uno de los enfermeros acababa de colocar en el centro de la estancia. En cuanto Diagor se lo indicó, el chico empezó a caminar delante del foco. Ari le observó con la boca abierta. Fuera de allí jamás le había prestado tanta atención como para percatarse de que su sombra, al andar, se le quedaba flotando en el aire. Aziz imitó a su compañero pero, en su caso, lo que ocurría era que su sombra se enrollaba o se arrugaba al caminar.

—Hemos probado varios tratamientos sin éxito. Pero es difícil encontrar una solución definitiva que les permita caminar —les explicó el enfermero.

—¿Y qué problema tienen para caminar? —preguntó Ari, sorprendido—. Al fin y al cabo, tener una sombra flotante es algo muy parecido a llevar una capa, ¿no?

—Me temo que olvidas que, según de dónde proceda la luz, las sombras se mueven a tu alrededor —apuntó Diagor—. El problema lo tenemos más o menos solucionado cuando la sombra va detrás de ellos, pero cuando la tienen delante les resulta muy difícil caminar. Para Aziz es como si anduviera sobre una alfombra arrugada con la que se tropieza continuamente, y, para Roy, como si una cortina de oscuridad se le echara encima, nublando su visión e impidiendo su avance.

—¿Y qué tratamiento empleáis?

—Con Aziz siempre el mismo: le planchamos la sombra. Roy lo tiene peor. Hemos ensayado de todo, desde ponerle contrapesos a su sombra hasta producir un chorro de aire artificial a la altura de sus pantorrillas que le impida sobrepasar una cierta altura —suspiró—. Pero hasta el momento nada ha dado un resultado definitivo.

Diagor señaló a una chica que estaba sentada en una silla, a su izquierda. Un enfermero, que portaba en su mano una de aquellas luces tan intensas del Norte, le mandó que se levantara y caminara en sentido contrario. Todos vieron cómo, a su paso, iba dejando en el suelo regueros y salpicaduras negras como la tinta.

—Dona también debe vivir aquí porque su sombra

se destiñe muy rápidamente y va dejando rastros negros a su paso. La gente enseguida se da cuenta, por lo que llama demasiado la atención. —Luego, volvió la cabeza hacia otro grupo de chicos y explicó—: A ésos, en cambio, se les permite salir porque su sombra se les queda rezagada, lo cual sólo obliga al dueño a aminorar el paso. También hay sombras vagas que, cuando se cansan, se encaraman a la espalda de sus dueños; pero ahora no tenemos ninguna.

Ari se dio cuenta de que todos aquellos chicos, por fuerza debían de conocer desde siempre el motivo de su confinamiento. Recordó la discreción de Roy y Aziz al escuchar las preguntas de sus compañeros del Sur, y supuso que los instructores les pedían que no revelaran el secreto a los demás; a los que, al parecer, carecían de tratamiento que les sanara. Inspiró hondo y se apresuró a cambiar de pensamiento. No le gustaba la idea de pertenecer a aquel grupo de «desahuciados».

—¿En el hospital sólo hay sombras con problemas mecánicos?

Diagor negó con la cabeza e hizo una señal a uno de los lacayos que aguardaba expectante las indicaciones del señor del castillo. Tras mover afirmativamente la cabeza, trajo a un niño que tenía una expresión de extrema angustia en el rostro.

—Colin no es muy feliz —explicó Diagor mientras cogía una antorcha y la dirigía hacia el niño. Otros dos enfermeros le imitaron colocando sus antorchas en diferentes ángulos—. No sé si os habéis fijado pero las sombras se multiplican dependiendo del número de fuentes de luz. Si no se llevan bien entre ellas, pueden provocar gran angustia en su dueño.

Efectivamente, todos comprobaron cómo Colin gritaba tapándose los ojos en cuanto sus sombras se descubrían unas a otras y empezaban a pelearse como locas entre sí. Diagor apartó inmediatamente su antorcha. El resto de portadores de luz le imitó y la pelea cesó con idéntica prontitud a como había empezado.

—Ésa es la única anomalía que tiene su sombra, pero resulta suficiente para que deba pasar aquí varios años. Es algo demasiado incontrolable. Cada vez que las luces de la calle le crean varias sombras, éstas se lanzan unas contra otras como si quisieran despedazarse entre sí.

Luego, se volvió hacia ellos y, tras hacer un gesto que abarcaba la parte de la estancia que todavía no les había mostrado, les dijo:

—La mayoría de los pacientes tiene problemas de movilidad o de seguimiento de sus sombras. Son sombras a las que les cuesta su tiempo imitar a sus dueños. Por eso suele haber tantos muchachos y muchachas entrenando regularmente en ambos patios. Es un ejercicio de rehabilitación muy saludable que ayuda a poner en forma a las sombras y a sincronizar sus movimientos con los de sus dueños. Incluso se ha demostrado su eficacia con aquellas sombras que carecen de flexibilidad y se mantienen rígidas a pesar de los obstáculos.

El enfermero que estaba a su lado le indicó que había en la sala un caso de aquel tipo y señaló un rincón. Un muchacho delgado que, inmediatamente reconocieron como uno de los internos más veteranos, se aproximó a la luz. Enseguida comprobaron que en cuanto se colocaba un obstáculo encima de su sombra, ésta, lejos de adaptarse a su forma, se mantenía tan rígida como un tronco.

—Su abuela nos lo trajo a los siete años, preocupadísima. En el momento de subir una escalera, su sombra, en lugar de recortarse en cada escalón, se comportaba como si fuese un cartón rígido pegado a los pies de su dueño. Muchas personas se percataron de la anomalía y tuvimos que internarle sin tardanza. Suerte que era del Norte.

Todos los chicos, salvo Silvana, que ya conocía la respuesta, se miraron asombrados. La edad de siete años se repetía ya en demasiadas ocasiones. Diagor se dio cuenta del intercambio de miradas y explicó:

—Las sombras imperfectas sólo empiezan a afirmarse a partir de los siete años. Por eso los internos más jóvenes son de esa edad. Es el momento en que se considera que la sombra está ya madura para manifestarse. A veces, sin embargo, la sombra se cura espontáneamente o corrige sus comportamientos al convivir con sombras normales. Por eso os educamos teniendo en mente una prematura marcha de la fortaleza.

Guardó silencio y, tras mirarlos de uno en uno, declaró:

—Pero todas ellas, al contrario que las vuestras, son sombras imperfectas. La silueta de su sombra es suya, aunque digamos que un poco deteriorada o enferma.

—¿Y somos los únicos así? —preguntó Ari.

Diagor negó con la cabeza.

—Han pasado más muchachos por aquí en vuestra misma situación, pero ya no están porque encontraron su propio camino hace tiempo. En la actualidad, entre los internos de Sákara, sólo vosotros sufrís ese tipo de anomalía.

Elene preguntó en apenas un murmullo:

—¿Nos vais a ingresar en el hospital?

Diagor negó de nuevo.

—El hospital no puede hacer nada por ayudaros; sólo tiene tratamiento para sombras defectuosas. Y, como ya os he comentado, éste no es vuestro caso. En algún lugar de vuestro pasado estará el motivo de vuestra diferencia y eso es lo que debéis intentar descubrir.

Diagor se volvió entonces hacia Aldo y Silvana y, ante la sorpresa de todos, les soltó a bocajarro:

—Dentro de una semana deberéis partir y buscar vuestras propias respuestas. No puedo protegeros más. Sólo se puede residir en Sákara hasta los catorce años. Dentro de poco creceréis y podréis crear nuevas vidas que no pueden nacer aquí, fuera del tiempo.

Luego se volvió hacia Ari y Elene.

—Vosotros podéis quedaros un poco más si queréis, pero Aldo y Silvana deben irse ya. No puedo retenerles por más tiempo aquí. Al contrario que vosotros, cuyo presente se está escribiendo en este mismo momento, en su caso cada cosa que hagan puede modificar el futuro.

Aquella noche, en la fortaleza, cuando todos dormían, Ari se levantó y se dirigió al adarve y allí se quedó el resto de la noche, arropado por las voces nocturnas del bosque, impregnado del olor de la vegetación del Sur, ensimismado en el lento fluir de aquellos arroyos que escalaban las murallas y alcanzaban el otro lado. Ellos, al igual que él, no entendían nada de límites entre pasados y presentes; para ellos, en realidad, no existía ningún obstáculo ni veían muro alguno en su camino.

ARI

Aún ahora recuerdo lo abatidos que nos sentíamos al pensar que éramos diferentes y que nadie nos podía ayudar, que había algo incompleto en nosotros y que deberíamos emprender una búsqueda imposible para encontrar lo que otros calificarían de pura fantasía.

Cuando Aldo y Silvana empezaron con los preparativos de su partida, yo me sentí morir. Había soñado durante años con aquel momento, pero siempre me había imaginado ocupando yo el lugar de Silvana. En mis fantasías, Aldo se convertía en el padrino de mis hijos y yo me reía hasta el amanecer ante la llegada de su primer nieto. Teníamos tantas ganas de formar nuestra propia familia, de disfrutar de lo que no tuvimos de niños, que nuestros sueños para el futuro siempre se aderezaban de nietos y de personas que nos querían y cuya existencia demostraba que habíamos logrado sobrevivir contra viento y marea.

Ciro vino a buscarme y me pidió que saliera con Elene al mundo del Norte. Yo me negué y, entonces, él me lo ordenó. Le miré desafiante; odiaba que la gente me diera órdenes. Según Aldo, yo, muchas veces, tenía reacciones de caballo salvaje, y era curioso que lo dijera mucho antes de que se fijase en la forma de mi sombra.

Salí con Elene de mala gana. Yo lo que quería era estar con Aldo; él era mi amigo y me irritaba malgastar nuestros últimos momentos dando vueltas por un sitio que aborrecía. La parte de caballo que había en mí detestaba la dureza del pavimento contra los cascos, el olor de los motores y aquel tinte gris que tanto difería del verde luminoso de las praderas.

—Ya sé que odias estar aquí, Ari, pero deberías hacer algo por reconciliarte con tus orígenes. Ayer oí hablar a Diagor con mi padre por teléfono.

Yo la miré receloso. El tono de Elene era acogedor, pero sus palabras no expresaban lo que yo deseaba oír.

—Dijo que sería bueno que, no sólo Aldo y Silvana, sino todos, regresáramos a nuestros mundos respectivos; que era necesario que el tiempo empezara a correr para nosotros. —La miré con tal desconcierto que ella suspiró—: ¿O crees que podemos seguir aquí eternamente? El presente se nutre de personas, Ari. No podemos existir fuera del tiempo. Sákara no puede sustituir nuestras vidas.

La miré, ceñudo.

—No sé de qué me hablas, Elene. Puede que para ti no, pero para mí han transcurrido siete años y he crecido, he cambiado. Incluso estando en Sákara, el tiempo ha dejado huella de su paso por mi persona.

Elene asintió.

—No hablo de cambios físicos, Ari. Hablo de dejar huellas sobre los demás y de que alguien recuerde nuestro paso por el mundo. —Se calló un momento y declaró con voz grave—: No puedes pasarte la vida suspirando por aquella vida que no pudiste vivir en el lado Sur.

No digo que no tuviera razón, pero me dolió tanto oír aquello que apenas crucé con ella más de dos palabras el resto de la tarde. No podía quitarme de la cabeza a Aldo, y lo que veía alrededor tampoco me ayudaba a remontar la pena.

Aunque Elene se esforzó por mostrarme la belleza de su mundo, yo no estaba receptivo a sus palabras. Me hacía detenerme ante los escaparates, escuchar la música de los violinistas callejeros, observar las riadas de coches, los semáforos que las apaciguaban... Pero yo lo comparaba todo con la hierba del Sur y, como era diferente, no le daba una oportunidad.

Elene pareció adivinar lo mucho que me costaba adaptarme a los elementos artificiales de su mundo y decidió llevarme a un sitio bastante bonito a pesar de estar atiborrado de gente. Tenía un estanque con patos, cercado de árboles de diferentes especies. El lugar estaba rodeado de rascacielos pero, al menos, en aquel pequeño oasis verde me sentí mejor. Elene se sentó a mi lado, en un suelo que ella llamó césped, y estuvo un buen rato sin hablar, jugueteando con las briznas de hierba y ladeando su cabeza hacia ellas como si pudiera escuchar sus murmullos.

De repente, alzó la mirada y me dijo lo que la hierba parecía haberle contado.

—Sé que hasta ahora todo tu mundo estaba definido. Sabías el lado al que pertenecías, sabías quién era tu amigo, sabías qué querías hacer con tu vida. Ahora te sientes mal porque todo se tambalea.

Yo la escuché un tanto perplejo. Nunca me había planteado mi vida como algo tan filosófico, ni pensado que se pudiera hacer con ella otra cosa que vivirla.

—Pero hay cosas contra las que no se puede luchar, Ari —continuó imparable—. Yo desearía haber conocido a mi madre, pero murió muy pronto; desearía haber vivido una infancia menos recluida, pero mi infancia ya quedó atrás. Desearía muchas cosas que ahora son ya inalcanzables, y, sin embargo, podría no resignarme y emplear toda mi energía en lograrlas. Pero no quiero hacerlo, Ari. Hay que saber distinguir las cosas por las que merece la pena luchar, y no perder el tiempo con imposibles.

—Y según tú —dije en un tono bastante desafiante—, ¿por qué cosas merece la pena luchar?

Ella me miró con una intensidad que me hizo desviar, incómodo, la mirada.

—Quiero recuperar mi sombra, Ari. Hace mucho que siento que me falta algo y ahora que sé de qué se trata, no sé, siento que mi vida... —La voz se le estropeó un poco, como si estuviese a punto de llorar y yo me quedé inmóvil, como en guardia. No entendía su angustia. Una sombra ausente no te hacía daño, no te impedía vivir—. Mi vida —repitió con más firmeza— depende de que consiga localizar a mi sombra y convencerla de que vuelva conmigo. Y eso no es un imposible, Ari. Ahí todavía queda algo por hacer.

—Lo conseguirás —dije mecánicamente. Era la primera vez que hablaba con una chica y la verdad es que no entendía nada. Sólo sabía que se sentía mal y que, aunque deseaba animarla, no sabía cómo lograrlo.

Elene sonrió y me tomó la mano. Yo sentí que el

corazón se me desbocaba. Debía de ser, sin duda, por culpa de mi sombra de caballo.

—¿Por qué no intentas ver, como yo, el otro lado de las cosas? —me preguntó al cabo de un rato—. Debido a la muerte de mi madre, mi padre abandonó un trabajo que le ocupaba las veinticuatro horas del día, y dispuso de más tiempo para mí. Por carecer de sombra, fuimos a parar a Escocia, y así llegué a conocer el misterio de sus paisajes. Porque crecí encerrada y no pude disfrutar de la compañía de otros niños, descubrí la belleza de los caballos...

—¿Los caballos? —pregunté perplejo.

Elene asintió.

—Por eso creo que me siento tan a gusto contigo, Ari. Ese brillo en tus ojos me recuerda la nobleza de los amigos que dejé atrás.

No supe qué decir. Se sentía a gusto conmigo y yo me preguntaba por qué. Elene se levantó y yo, incómodo, le solté la mano. No sabía qué hacer con la mano de una chica.

Durante el regreso, vi cómo sus ojos rehuían cada sombra que se cruzaba en nuestro camino y lamenté no ser Aldo; a él siempre le salía espontáneamente proteger a la gente y decirle la palabra justa. En cambio, yo nunca había tenido que socorrer a nadie antes, siempre me había dejado cuidar por mi amigo.

Al subir a mi dormitorio divisé a Aldo sentado en las almenas del adarve. Le encantaba esa posición a pesar de que sus piernas colgaban en el aire, en una postura que seguro que a su sombra de árbol no le gustaba nada. Me acomodé junto a él. Tan pronto lo hice, me sonrió y me preguntó qué tal lo había pasado. Le hice un mohín con la boca y él volvió a sonreír, pero esta vez sólo con los ojos.

—Hay que cuidar de las chicas, Ari. Ellas han tenido menos suerte que nosotros.

Yo me quedé aturdido. ¿A qué se refería Aldo?

—¿No te has fijado? Nuestras sombras están menos atormentadas que las suyas. Nosotros nunca hemos llorado por culpa de ellas; son los demás los que nos han hecho llorar. Es como si nuestras sombras, por alguna razón que desconocemos, se llevaran bien con nosotros.

—Pero Elene no tiene sombra que la haga desdichada —rebatí en apenas un susurro.

Aldo suspiró.

—¿Qué sentirías tú si te faltara un brazo?

Lancé un resoplido.

—No es lo mismo. El hecho de carecer de sombra no te impide hacer cosas.

—¿Y tú cómo lo sabes? ¿Cómo puedes estar tan seguro de lo que uno puede sentir sin sombra?

No pude encontrar ninguna buena respuesta. Aldo tenía razón. ¿Cómo podía saber yo lo que era no tener algo que siempre había tenido? ¿Y si, a pesar de las apariencias, sí que te impedía hacer cosas?

—Elene me lo intentó explicar pero no la entendí —murmuré.

Aldo me observó en silencio pero no me juzgó. Nunca lo hacía.

—No es fácil para ti convivir con humanos, Ari, y menos después de lo que te hicieron, pero debes aprender. —Su expresión cambió de repente y se iluminó al añadir—: Hoy he conseguido que Silvana sonriese.

No os podéis imaginar lo que sentí al oír aquello.

La cosa se complicaba si a Aldo le hacía ilusión ver sonreír a Silvana. Sé que pensar aquello no era digno de amigos, pero no podía evitarlo. Aldo se marchaba al lado Sur. Para siempre. Con aquella chica a la que le hacía ilusión verla sonreír.

—Aldo —murmuré.

Me miró.

—No, nada —dije, haciendo ademán de largarme. Necesitaba estar solo.

—Ven, siéntate a mi lado, Ari. —Me pidió en cuanto me di la vuelta. Yo dudé unos instantes, pero finalmente accedí—. Recuerdo la primera vez que te vi en aquella esquina del dormitorio. Tu cuerpo estaba magullado, tu espíritu estaba herido, pero tus ojos se alzaban orgullosos hacia la luna. Los demás lloraban, pero tú intentabas que las lágrimas no te alcanzasen. Me pregunté quién sería aquel niño a quien la adversidad no lograba doblegar, a quien los golpes no lograban arrebatar el orgullo. —Calló un momento—. No eres como los demás, Ari. Un caballo es un animal hermoso que no confía fácilmente en la gente pero que tampoco sabe arrodillarse, ni mendigar. Es orgulloso y temperamental, pero noble. Su espíritu no languidece con los golpes sino que se fortalece. Aunque se equivoque mil veces y tenga que rectificar otras mil, jamás dejará a los suyos atrás. Ése eres tú, Ari, un luchador, y por eso, pase lo que pase, siempre serás mi amigo.

Quise decir muchas cosas en aquel momento, pero no pude. «Aldo, amigo», fue lo único que pensé, y supe que, si fuese necesario, mataría por él.

7

La fecha de la partida de Aldo y Silvana se fijó para el primer día de febrero. Ari estaba desolado; no podía hacerse a la idea de perder para siempre a su mejor amigo. Aldo era todo lo bueno que le había ocurrido en su vida, toda la familia que nunca había tenido.

Aquella tarde, Aldo y las dos chicas habían estado charlando frente al gran fuego que los centinelas les habían permitido prender en el adarve. A pesar de la tristeza de la separación, todos intentaban que la despedida fuera lo más alegre posible. Pero Ari no podía sonreír ni simular alegría para hacerle más fácil la partida a Aldo. Su corazón estaba roto.

Cuando estaba con los demás, su mente volaba lejos, muy lejos de allí. Sus voces le llegaban como si fueran ecos lejanos, y cuando las risas se incorporaban a la conversación, se sentía tremendamente irritado. Sobre todo cuando las risas procedían de Silvana, que era quien iba a acompañar a Aldo. Se sentía celoso de ella y le molestaba muchísimo su actitud acaparadora. Y es que la chica era tan consciente de que su sombra retrocedía ante la proximidad de Aldo, que buscaba continuamente su compañía.

En un momento en que Aldo y Silvana intercambiaban confidencias en voz baja y Ari proyectaba sobre ellos una de sus peores miradas asesinas, Elene le preguntó con voz suave:

—¿No te hace feliz que tu amigo haya encontrado una amiga que le haga más llevadera la partida?

Ari se ruborizó al darse cuenta de lo alejado que estaba aquel pensamiento de la realidad. Miró a Elene y se dio cuenta de que ella lo había notado también, por lo que no se molestó en disimular sus sentimientos.

—No le deja ni un minuto en paz. Es como una lapa.

Elene rehuyó su mirada.

—Es una forma de verlo, Ari.

—¿Hay otras o qué?

—¿Qué sentirías tú si toda tu vida hubieras estado acompañado por una sombra que te martiriza? ¿Tan extraño te resulta que la gente busque un poco de paz?

Ari se levantó y la dejó con la palabra en la boca. Se sentía mal, muy mal; todo el mundo le llamaba directa o indirectamente egoísta. Se fue a su dormitorio, se tumbó en el camastro y en la oscuridad de aquella noche tomó una decisión. Acompañaría a Aldo al mundo del Sur, pasara lo que pasase. Las consecuencias de aquel acto le traían sin cuidado.

Todos hablaban de las leyes del tiempo, de las barreras que no se podían atravesar, de las reglas que no había que romper, pero nadie entendía el poco sentido que tenían aquellas palabras cuando uno estaba a punto de quedarse completamente solo.

8

Ari se sorprendió cuando, en mitad de la noche, un centinela le vino a buscar y le ordenó que se pusiera la capa errante, que Diagor quería dar un paseo con él por el lado Norte. Perplejo, se apresuró a vestirse y a acudir al patio que daba a la puerta Norte.

En cuanto le distinguió, Diagor le hizo una señal para que le siguiera y ambos, sin mediar palabra, se internaron en la noche del Norte. En el aire flotaban luces cuadradas de colores que, sin embargo, no sorprendieron a Ari porque las había visto infinidad de veces desde su dormitorio. Eran las ventanas de los rascacielos que, por la noche, se iluminaban con los soles que los humanos del Norte encendían dentro de sus casas.

Cruzaron unas verjas de hierro pintadas de verde y se adentraron en lo que parecía un cementerio. Diagor empezó a andar perezosamente entre las lápidas mientras Ari, con el rabillo del ojo, le espiaba sin saber qué pensar. Su paso era tan indolente que no lograba adivinar si Diagor buscaba algo en concreto o simplemente paseaba.

—Te he traído aquí porque deseaba hablar contigo, Ari —dijo de repente—. Me recuerdas demasiado a mí mismo cuando era joven y no quiero que cometas los mismos errores que yo cometí. No, no me mires así. Sé lo que estás pensando y no tienes ni idea de lo que te estás jugando. No sabes lo difícil que puede ser vivir con uno mismo después de llevar a cabo lo que tú pretendes.

Ari se removió incómodo. ¿Cómo era posible que el señor de la fortaleza hubiera adivinado su intención de burlar el tiempo si él no le había contado sus planes a nadie?

—Yo no pretendo hacer nada —se apresuró a negar.

Diagor hizo un gesto con la mano para silenciarle, como si sus comentarios fuesen irrelevantes.

—Entiendo que a muchos de los internos les cueste volver a sus hogares después de pasar siete años o más en la fortaleza. Es normal temer el exterior cuando tu día a día se ha acostumbrado a la protección de Sákara. Pero cuando, además, a lo anterior se suma que un interno odia el mundo al que pertenece, que no se resigna a aceptar la pérdida de su mejor amigo y que cree que no hay nada ni nadie que le retenga en su mundo, entonces la probabilidad de que cometa una estupidez es altísima.

Ari ni siquiera se atrevió a alzar la cabeza para mirarle. Temía que el señor de la Muralla de las Sombras pudiera leer la verdad en su rostro.

—La rebeldía y la rabia no te dejan pensar, Ari, y eso es muy peligroso para ti y para los demás. No sabes lo que me recordáis Aldo y tú, a mi amigo Nat y a mí mismo. Éramos tan inseparables como lo sois vosotros ahora. Los dos pertenecíamos al Norte y nos entusiasmaban las aventuras, los viajes, las fiestas... Estábamos tan locos por la vida que apenas pensábamos en otra cosa que no fuera disfrutar despreocupadamente de lo que ésta nos brindaba. —Suspiró mientras dejaba que su mirada se apartase de él y de las lápidas y se elevase hacia las copas de los cipreses—. Pero mi padre era el director de la mansión Sákara, un lugar irresistible para dos jóvenes tan irresponsables y alocados como nosotros. ¿Te puedes imaginar lo tentadoras que me resultaban las llaves de todas aquellas puertas cerradas que mi padre guardaba en su despacho? Una noche logré arrebatarle una de aquellas llaves, la que abría la puerta que daba acceso al lado Sur y, bueno, ya te puedes imaginar lo que hicimos. La atravesamos y, en aquel mismo momento, sentenciamos la suerte de un montón de personas a las que queríamos.

Ari escuchaba el relato con cierto recelo. Presentía que Diagor quería convencerle de algo y no le gustaba. No estaba dispuesto a consentir que nadie le apartara de su camino.

—Mi hermano dejó de existir aquel mismo día. Se esfumó de la noche a la mañana, así... —dijo chasqueando los dedos con amargura— como si jamás hubiera compartido una vida con nosotros. Mi padre no lo pudo aceptar jamás. Su hijo, su heredero, el que había sido educado para convertirse en el futuro señor de Sákara había dejado de existir, y en su lugar había quedado yo, el necio que había jugado con el tiempo y había acarreado la desgracia a su familia. Se volvió medio loco y, en su empeño por recuperarle, se marchó y nos abandonó.

Diagor calló como si, a pesar del tiempo transcurrido, aún le costase hablar de aquella desgraciada historia.

—Porque la maldición de las grietas del tiempo —continuó— es que los cambios que tu intromisión provoca en el presente no hacen que los vivos olviden a los que desaparecen, como si jamás hubieran existido. No, te aseguro que llegas a ser muy consciente, desgarradoramente consciente, de lo que has provocado. Los huecos en las fotografías se mantienen, las ropas de los ausentes continúan colgando en los armarios y las personas de alrededor siguen conservando sus recuerdos. —Calló, inspiró hondo y miró tristemente al muchacho—. Quería mucho a mi hermano, Ari. No sabes lo duro que resulta ser responsable de su ausencia.

Diagor reanudó su paseo entre las lápidas y se adentró en la parte más antigua del cementerio, con la espalda cada vez más encorvada.

—Pero ni aun así me contuve. En mi fuero interno pensaba que mi padre me había acusado injustamente y quería demostrarle que no creía en sus supersticiones. No me entraba en la cabeza que la desaparición de mi hermano la hubiésemos podido provocar Nat y yo por el mero hecho de salir por una puerta. Así que volví al lado Sur y decidí pasar una temporada allí para castigarle.

Diagor calló un momento y esperó a que Ari, que se había quedado atrás hipnotizado por la escultura de una calavera, se reuniera con él. Luego, continuó andando por aquel laberinto de tumbas que cada vez se volvía más anárquico y musgoso.

—En nuestra breve excursión anterior me había quedado prendado de una mujer del lado de Sur y me fui a vivir con ella. Nos casamos, tuvimos una niña y vivimos un espejismo de felicidad hasta que mi amigo Nat apareció un buen día ante nuestra puerta. Nos abrazamos y entonces me dijo que unos arqueólogos habían desenterrado aquel mismo pueblo en el que vivíamos, en el futuro. Yo, que nunca había sabido contener el ansia de nuevas experiencias, no lo pensé dos veces y decidí volver al mundo del Norte a visitarlo. En aquella época, no le tenía ningún respeto al tiempo y me parecía divertido jugar con él. Paseamos tranquilamente por sus ruinas hasta que mi amigo, de pronto, me enseñó las fotos que los arqueólogos habían sacado del cementerio la semana anterior. Allí reconocí una imagen. Era la lápida de mi hija, muerta a los tres años. Al verla, casi creí enloquecer de dolor. Mi hija, en aquel momento, tenía dos años. Le pedí a Nat que me acompañara a aquella parte del cementerio, pero lo que vi allí nada tenía que ver con la foto. La lápida indicaba que mi hija iba a morir en edad avanzada. Entonces me di cuenta de lo que sucedía y una parte de mí murió para siempre.

Diagor se apoyó en un muro que separaba los monumentos sepulcrales de dos familias pudientes antes de seguir hablando. Ari le observaba en silencio. Cada vez estaba más convencido de que el señor de Sákara le estaba haciendo una distinción inusual contándole aquella historia.

—Era muy sencillo de comprender, Ari. Si los arqueólogos habían sacado una foto cuando yo estaba en el lado Sur y la niña moría a los tres años mientras que, estando yo de vuelta en mi mundo, sobrevivía hasta llegar a una edad avanzada, la conclusión era evidente: mi presencia en aquel mundo que no me pertenecía sentenciaba a muerte a mi hija. Así que, allí mismo, frente a su lápida, juré que, aunque se me desgarrara el alma, no volvería jamás al lado Sur. Desgraciadamente —suspiró—, la cosa se complicó más de lo que pensaba. Mi esposa, preocupada por mi ausencia, no tuvo paciencia para aguardar a que yo encontrara la manera de comunicarle lo ocurrido y, una mañana de otoño, salió a buscarme con la niña. Mi hija sobrevivió, pero ella murió despeñada.

Diagor inspiró hondo y señaló dos lápidas muy antiguas.

—Las hice traer aquí desde el lugar en que murieron hace siglos.

Cuando Ari leyó los nombres esculpidos sobre la piedra, el corazón le dio un vuelco. Una debía de ser la de su esposa, pero la otra...

—¿Silvana? ¿Silvana es tu hija?

Pero Diagor no contestó. En aquel momento, parecía pesarle mucho la vida.

—No intentes jamás adentrarte en un tiempo al que no perteneces, Ari. Sólo sembrarás la desgracia de todos los que te rodeen. Tuve que renunciar a mi hija para salvarle la vida y, con ello, perdí a mi esposa. Mi hermano dejó de existir en el futuro y mi padre se volvió loco ante su ausencia. Cerró la Muralla de las Sombras, de la que era amo y señor, y se marchó, negando con su ausencia el cobijo a todos aquellos muchachos cuya sombra imperfecta les impedía vivir en su mundo.

Ari, aunque temía la respuesta, se atrevió a hacerle una pregunta más.

—¿Y tu amigo Nat? ¿Escapó a la ira del tiempo?

—En absoluto, Ari. Nadie puede hacerlo. Mi amigo Nat, que se había enamorado de la hermana de mi mujer, se la llevó con él al lado Norte. La joven no pudo soportar encontrarse cara a cara con su futuro y acabó obsesionándose con los libros de historia que hablaban de las batallas y de las desgracias que había padecido su pueblo. Se torturaba día y noche imaginando los tormentos que los suyos habrían sufrido. Tuvieron un niño, pero dejó de existir poco después de que Nat nos visitara. No sé lo que mi amigo hizo, lo que alteró, pero, sin duda, cambió algo del pasado y su efecto se propagó como un rayo hasta el futuro. El niño desapareció de golpe y su mujer enloqueció de pena. Mi amigo Nat sufrió tanto que envejeció de repente y se convirtió en un anciano prematuro. —La luz de un farol se puso a parpadear sobre la cara de Diagor acentuando aún más el efecto trágico de la historia—. Por eso, Ari, sólo te permití estar una hora en el lado Sur. Nunca sabes las catástrofes que puedes provocar si te cuelas en las grietas del tiempo sin su permiso. Vivir en el lado que no te pertenece es como hacerlo en un salón de figuritas de cristal. Nunca sabes qué movimiento tuyo hará que una figurita se caiga y se rompa.

Suspiró y se quedó contemplando las dos lápidas antiguas con la misma expresión que si les estuviera pidiendo perdón por sus errores.

—Ari, cuida de todos, pero, sobre todo, cuida de Silvana por mí. Ella es sólo una pobre víctima de mi necedad.

Ari no sabía qué decir. Aquella información le desbordaba.

—¿Silvana es de verdad tu hija?

El hombre asintió con la cabeza y el muchacho no supo qué decir salvo:

—¿Y ella lo sabe?

Negó.

—¿Y por qué no?

—Porque ella nació en el lado Sur y yo, en cambio, procedo del Norte. Para mí, el lado Sur está vedado. Cualquier incursión mía en él, podría matarla. ¿Para qué le serviría tener un padre si no puede tener un futuro junto a él? Es mejor que no lo sepa nunca.

Ari se quedó en silencio. Las historias de los habitantes de Sákara eran demasiado tristes.

—Sé que tienes un gran dilema ante ti, Ari; pero, antes de tomar ninguna decisión, quizá deberías plantearte una pregunta: ¿qué estarías dispuesto a hacer por Aldo?

—Cualquier cosa —respondió el muchacho al instante.

—¿Incluso renunciar a él?

Ari se removió inquieto. El mero hecho de pensar en aquella posibilidad le desgarraba el alma. No podía imaginar su vida sin Aldo.

—¿Y por qué debería hacer eso?

—Porque el tiempo es implacable, Ari, y no perdona que los humanos se crean dioses. Si pretendes burlar su control, la desgracia se cebará en aquellos a los que amas. El tiempo no soporta los enredos. Si no entiende algo, siempre lo soluciona cortando por lo sano. No dudes de que eliminará a todos los que no encajen en la nueva realidad que provoques con tu intromisión.

Ari sintió una opresión en el pecho. ¿Hasta dónde llegaba su amistad con Aldo? Recordaba perfectamente las palabras de Elene: «¿No te alegras de que Aldo tenga una amiga?», le había preguntado. Y lo cierto era que no, que no se alegraba; sólo sentía compasión de sí mismo.

—Piénsalo, Ari. Tienes aún un día para decidirlo.

Y entonces Ari se dio cuenta de que no entendía por qué Diagor le estaba pidiendo a él que cuidara de Silvana. Era Aldo el que se suponía que iba a acompañarla.

—¿Por qué me cuentas todo esto a mí y no a Aldo?

Diagor asintió con la cabeza.

—Llevo varios días pensando en ello, Ari, y he llegado a la conclusión de que sois muy jóvenes todavía para tener que enfrentaros solos a vuestras sombras. Sería bueno que pudierais contar, al menos, con vuestro apoyo mutuo. ¿Te gustaría ayudar a los demás y que ellos hicieran lo mismo contigo?

—¿Podríamos en ese caso Elene y yo pasar con Aldo y Silvana al lado Sur? —preguntó enseguida.

Diagor asintió y Ari se quedó sin habla. ¿Acaso las puertas de Sákara podían cambiar sus prohibiciones ancestrales a su antojo? Diagor debió de adivinar sus pensamientos, porque le explicó:

—Como señor de Sákara tengo el don de hablar con el tiempo y negociar sus dones. Os puedo conceder diez semanas si las empleáis exclusivamente en sanar vuestras sombras. Durante ese tiempo podréis pasar de uno a otro mundo sin que la venganza del tiempo se cebe en vosotros. Pero sólo durante diez semanas —insistió.

El muchacho frunció el ceño, convencido de que aquello tenía una contrapartida. Nadie regalaba nunca nada por nada.

—La única condición es que hay que jugar limpio con el tiempo, Ari. Si decides ayudar a tus amigos a encontrar la paz con sus sombras, deberás prometerme que, tras ese periodo, volverás a Sákara para luego ir al lado Norte y no regresar jamás al Sur.

Pero Ari no respondió. No quería comprometerse a nada.

—Comunícame mañana lo que decidas.

El muchacho siguió callado. No sabía si quería ayudar a su amigo a buscar la felicidad si el precio era precisamente renunciar para siempre a su presencia. Se avergonzaba de albergar aquellos sentimientos que no eran de auténtico amigo, pero no podía evitarlos.

—¿Por qué me cuentas tantas cosas a mí, Diagor? Aldo es más adecuado que yo para cuidar a los demás.

—Aldo está en el lado Sur. Tú estás en el Norte. Me parece oportuno contároslo a ambos. Sólo tengo una hija, Ari, y sólo puedo cuidar de ella a distancia.

El muchacho entornó los ojos, no del todo convencido por sus palabras, y Diagor añadió:

—Ari, no es casual que estéis juntos en esto. Vuestros destinos, de alguna manera, están entrelazados. Debéis cuidaros todos mutuamente.

DIAGOR

Estuve un buen rato contemplando la espalda de Ari mientras éste se alejaba por el adarve, con la cabeza gacha y la mirada tozudamente clavada en el suelo. Algo de mi discurso le había impactado, pero yo sabía que no lo suficiente, y eso me desesperaba.

Suspiré y, henchido de melancolía, eché un último vistazo al espacio que se extendía más allá de la puerta Norte, mi hogar, y luego volví la cabeza y me enfrenté al del lado Sur, el que no había pisado en doce años. El puente levadizo estaba medio izado y sólo se vislumbraba un retazo del cielo nocturno. Bastaba para añorarle. Había vivido momentos muy felices allí.

El centinela que vigilaba la puerta, al percibir mi mirada, enderezó su cuerpo, atento a mis indicaciones. Esperaba una orden mía y yo, en cambio, sólo quería echar una última ojeada a mi libertad; jamás podría volver a pisar cualquiera de ambos mundos.

Me adentré en la torre central y bajé la escalera de caracol hasta el final. La puerta se abrió al reconocer el calor de mi mano. Aquella puerta sólo se abría ante mí porque yo era el señor de Sákara, y aquél era el corazón de la Muralla de las Sombras, el lugar donde residía todo el poder de la fortaleza. Penetré en el interior de aquella cripta de piedras desnudas, carente de cualquier decorado, a excepción de un arco y un pequeño altar, y suspiré. Era extraño el color del tiempo. A veces se tornaba azulado; otras veces, negro; las más, transparente. Ese día estaba violeta. Lo cual significaba un humor bastante incierto.

La voz que mediaba las palabras que los humanos dirigían al tiempo resonó en la cámara en cuanto sintió mi presencia.

—Buenas noches, Diagor. ¿Has aprovechado bien tu último día fuera de Sákara?

Preferí no contestar. Había que medir muy bien las palabras pronunciadas en aquel lugar y yo estaba muy enfadado.

—Se te ve apesadumbrado —continuó.

—Ha vuelto a cambiar la fecha de la muerte de mi hija —la acusé con el ceño fruncido—. Hoy la inscripción de su lápida era diferente. El tiempo le ha vuelto a quitar cinco años de vida.

Las carcajadas retumbaron en la cámara, redoblados sus efectos por el eco, y yo clavé las uñas en las palmas de mis manos para contenerme.

—¿Qué quieres, humano? Tuviste una niña del presente en el pasado; una niña que tenía que haber nacido en el lado Norte y que, sin embargo, lo hizo en el lado Sur. Cada vez que tus antepasados se cruzan con los descendientes de tu hija, el tiempo recibe una descarga de incoherencia y se enfada porque no entiende lo que ocurre. Has introducido un imposible en el pasado y la línea de tu estirpe, por fuerza, ha de ser inestable y cambiar cada día. Suerte tienes de que, hasta el momento, sólo ande cambiando la fecha de su muerte. El día menos pensado tu hija desaparecerá y sabes que, cuando eso ocurra, ya no habrá nada que hacer porque es irreversible. Da las gracias al tiempo por estar mostrándose tan misericordioso contigo hasta el momento.

Me mordí los labios para no replicar. No soportaba el tono con el que la voz pronunciaba «hasta el momento» una y otra vez. ¿Cuántos años más tendría que pagar por los errores de mi juventud? ¿Acaso no era suficiente lo que había sufrido ya?

—¿Y qué quieres que haga?

—Qué quiere el tiempo que hagas... —repitió con retintín—. Habla con propiedad, Diagor; yo sólo soy una intermediaria, ya lo sabes.

—¿Qué quiere el tiempo que haga? —repetí con impaciencia.

—Para empezar, que te quites de en medio para siempre, ya te lo dije. Tu hija va a salir al mundo y, si quieres que sobreviva, no puede tener un padre pululando por su futuro... Por decirlo de una manera suave: estorbas en su camino, mi querido Diagor.

—Ya lo he hecho —dije intentando dominar el tono de mi voz—. Lo he prometido y lo cumpliré. No volveré a pisar nunca más el Norte ni el Sur. Pero dime tú, ahora, cuándo dejará el tiempo de cambiar la fecha de su muerte, cuándo podré asegurar su supervivencia...

—Diagor, no insistas. Sabes que, por el momento, no puedo darte respuestas más precisas. La supervivencia de tu hija se asegurará cuando la línea de su descendencia se extinga por causas naturales o llegue hasta tu presente. Cosa que, como sabes, aún no ha ocurrido. El tiempo no hace más que volverse loco con antepasados y descendientes tuyos mezclados por doquier en uno y otro lado de Sákara. Empieza, llega a un callejón sin salida y no tiene más remedio que comenzar de nuevo desde el principio. Así, la vida de los tuyos, incluida Silvana, es imposible.

Me quedé en silencio. Sabía que no me quedaba más remedio que esperar, pero me rebelaba ante el recuerdo de aquella lápida que no paraba de cambiar y siempre, restando vida. Tragué saliva y pregunté:

—¿Y por qué ellos y no otros?

—¿Te refieres a Ari, Aldo y Elene?

—Sí, ¿por qué ellos y no otros? —insistí—. Ari no quiere ir al Norte, lo sabes perfectamente, y esa desobediencia podría irritar aún más al tiempo. ¿Por qué han de ser ellos, y no otros, los que acompañen a mi hija? ¿Me quieres decir qué tienen de excepcional?

—¿De excepcional? Pues nada que yo sepa, aparte de lo que tú ya conoces, claro. Sus historias no son más que el relato de sus vidas. Pero los humanos sois así, Diagor, vivís sin daros cuenta de que, al mismo tiempo, pisáis un planeta que gira sobre sí mismo y se desplaza por el universo.

—¿Entonces? —grité ya fuera de mí. Hacía tan sólo unos días que la voz me había impuesto los nombres de los acompañantes de mi hija y aún no había tenido tiempo de asimilarlo.

A la voz le costó responder y, cuando lo hizo, su tono era extraño, dubitativo, reflexivo.

—Pues no sé, hay algo en ellos, una fuerza que... no sé, Diagor, es difícil de explicar.

—Pero ¿qué fuerza, por el amor de Dios? —resoplé indignado—. ¿No puedes ser más explícita? Ha habido antes otros pretendientes que me parecían más aptos que ellos y que tú, voz, tú y no tu señor, el tiempo, habéis rechazado.

—Diagor, deseo que este lugar sobreviva. Por eso no te dejo que le presentes al tiempo ofrendas que podrían irritarle incluso aún más de lo que tú, por tus propios méritos, has logrado ya.

—Y, si no es mucho pedir, ¿podrías decirme qué carta mágica tiene tu grupo de elegidos? —pregunté sin poder, esta vez, ocultar ya mi sarcasmo.

—Yo siempre estoy aquí, Diagor, ya lo sabes, éste es mi mundo, mi mundo subterráneo. Escucho los pasos, las risas, las tristezas, los anhelos de los que vivís arriba. Y no sé, veo algo especial, intenso, en esos muchachos, no sé... Ninguno de tus otros pretendientes poseía nada parecido.

—¿Nada parecido a qué?

La voz no respondió.

—¿Qué tienen éstos, voz? —insistí, esperanzado ante su falta de réplica.

—¡Oh, Diagor, no me atosigues! No pienso contarte nada más. Por otra parte, ya sabes que has de mantener el pico cerrado.

Asentí con impaciencia. En materia de tiempo no había nada más ponzoñoso que quitarle espontaneidad a un ser humano diciéndole lo que podía o no ocurrirle, lo que estaba o no en sus manos.

—Voz, no me ofendas. Soy el señor de Sákara. Sabes que no voy a contar nada.

—Por supuesto que no; pero a vosotros, los humanos, cuando atesoráis sentimientos en vuestro interior y os sellan los labios, os da por dibujar en vuestro rostro expresiones que os delatan más que mil palabras. Déjalos que se busquen a ellos mismos, Diagor, que vivan y se comporten como lo que son, y veamos lo que sucede.

Y yo suspiré resignado. No era fácil para un padre cruzarse de brazos y esperar que el azar decidiera el destino de su hija, pero aún más insensato era desafiar el poder del tiempo.

9

La mañana antes de la partida, los cuatro muchachos acudieron al despacho de Diagor. Aldo, Silvana y Elene habían recibido con alegría la noticia de que, si querían, podían posponer diez semanas más la separación y, enseguida, habían decidido que sí, que aceptaban. De hecho, no cabían en sí de gozo al pensar que podrían contar con el apoyo de los demás a la hora de encontrar sus propias respuestas.

Ari aceptó también la proposición de Diagor, pero su mirada era tan huidiza que el señor de la fortaleza supo que el muchacho aún no sabía adónde le iba a conducir su indómito carácter.

—¿Recuerdas a quién le estás haciendo una promesa, Ari? ¿Sabes lo que significaría no cumplir un juramento hecho al tiempo?

Ari asintió bruscamente. ¿A él qué le importaba el tiempo, qué le importaba nadie salvo Aldo? Aún recordaba la amarga sensación de aquel establo, de la persecución, de los golpes que le habían dado, de su abuela aceptando tras las lágrimas la decisión de su marido, de todos los demás internos que le habían ignorado las primeras semanas de su estancia en Sákara. ¿Quién, salvo Aldo, se había tomado la molestia de fijarse en él y de pensar en sus problemas?

Diagor suspiró y les citó a todos en el sótano a medianoche. Ari se pasó las horas del día paseando por el adarve, alejado de todos. Al contrario que sus amigos, prefería estar solo antes de la ceremonia. Su interior era un hervidero de dudas y le molestaba la presencia de los demás. Cuando llegó la hora convenida, suspiró y se encaminó hacia la Torre del Homenaje. No había estado jamás en el sótano, pero suponía que se encontraría en el lugar que ocupaban las mazmorras en las otras torres. Bajó las escaleras y, antes de llegar al final, los dos centinelas que custodiaban una de las puertas laterales retiraron sus lanzas para franquearle el paso. Ari abrió lentamente la puerta y descubrió que todos sus amigos estaban ya presentes. Echó un vistazo a su alrededor. Era una pieza circular de paredes y columnas de mármol. En el suelo podía verse un hexágono pintado.

Diagor le hizo a Ari una señal para que se reuniera con sus compañeros y, sin más preámbulos, descolgó una antorcha de la pared y procedió a prender cada una de las seis antorchas que iluminaban los lados del hexágono central.

—Agradeced el honor que os brinda el tiempo concediéndoos este periodo extra, en que vuestros actos, sea cuál sea el lado del mundo en el que os encontréis, no afectarán a sus moradores ni a vosotros mismos.

Los cuatro muchachos murmuraron las palabras de gratitud que les habían enseñado previamente. Ari, que había llegado tarde, les imitó sin demasiado entusiasmo.

—Es un honor que sólo se concede a aquellos cuya sombra se vio atrapada entre dos mundos y quedó desligada de su propio ser. El tiempo sabe que tenéis asuntos pendientes que resolver y os concede el don de este tiempo adicional.

Los muchachos recitaron un canto de agradecimiento.

—Procedamos, pues, a efectuar el juramento. Aldo.

Aldo dio un paso al frente y se internó en el centro del hexágono. Seis sombras de árbol sólidas e idénticas, procedentes de la luz irradiada por cada una de las antorchas, surgieron de la nada y rodearon al muchacho.

—¿Juras que tras las diez semanas que el tiempo te concede permanecerás en el lado al que perteneces durante el resto de tus días?

—Juro —contestó Aldo sin dudar.

Ari le escuchó y se sintió traicionado. La voz de su amigo había sonado firme y segura. Le había bastado que alguien viniese contando historias de pasados y futuros para que, en un solo día, olvidase todo el tiempo que habían pasado juntos y todas las promesas mutuas.

—Así sea —dijo Diagor. Las seis sombras se aproximaron y abrazaron a Aldo como señal de que el pacto acababa de ser sellado—. Que la desventura y la aflicción te persigan si quebrantas tu promesa.

Aldo se retiró y Elene dio un paso al frente y ocupó la posición de Aldo. En su caso, ninguna sombra se proyectó en el centro del hexágono. Sin embargo, Diagor formuló la pregunta del juramento de igual manera. Al aceptarlo, Elene sintió un escalofrío en su piel y supo que el espíritu de su sombra estaba presente, que el tiempo había sido capaz de invocarlo, allí donde estuviera.

Al llegar el turno de Silvana, a Diagor se le quebró la voz al pronunciar las palabras del juramento que, sin duda, representaban la definitiva despedida de su hija. La chica aceptó el pacto y las sombras, súbitamente calmosas, se abrazaron en señal de acuerdo.

Ari se colocó entonces en el centro del hexágono. Las sombras de sus caballos estaban inquietas. Una parecía un alma en pena. Otra estaba rabiosa. La tercera relinchaba, agitada. Dos parecían indiferentes a todo y la última no acababa de permanecer quieta en ningún sitio. Ari las contempló, nervioso, y comprendió, por primera vez en su vida, que aquellas sombras eran mucho más que simples formas oscuras que le acompañaban a todas partes. Aquellas siluetas reflejaban, sin lugar a dudas, el proceso interno de su alma.

Diagor observó preocupado la tensión y el desacuerdo que se apreciaba en las sombras del hexágono, pero, tras observar que el muchacho apretaba los labios y parecía firme en su resolución, pronunció la fórmula del juramento. Ari escuchó cómo su voz se volvía ronca al murmurar «Juro» y sentir el abrazo atropellado de todas sus sombras. Luego rehuyó las miradas de todos y volvió a su sitio. No tenía ganas de estar con nadie, ni siquiera con Aldo.

—A partir de mañana emprenderéis el viaje que os reconciliará con el tiempo y con vosotros mismos. Tened suerte y que la fortuna os acompañe en vuestro empeño.

Los muchachos agradecieron al señor de Sákara sus

palabras y salieron de allí pensativos y algo impresionados. Sus cuerpos, un tanto ausentes, se internaron en silencio por la escalera de caracol para dirigirse al salón donde Diagor había mandado preparar una cena de despedida.

Aldo aún no había salido de la cámara cuando una mano se posó en su hombro, reteniéndole.

—Espera un momento, muchacho —le dijo Diagor en voz baja—. Quiero pedirte algo.

El señor del castillo aguardó a que el sonido de los pasos de los demás se fuera extinguiendo lentamente.

—Aldo, has visto lo que ha ocurrido hace un momento ahí dentro —dijo señalando el hexágono—. Procura que Silvana y Ari no se expongan demasiado tiempo a las luces múltiples. El exterior no es como Sákara, allí no hay instructores que os impidan recibir ese tipo de impactos de luz.

Aldo le miró fijamente y, luego, asintió en silencio. Conocía desde hacía siete años a Ari. Lo suficiente como para saber a qué se refería Diagor.

Cuando Diagor y Aldo entraron juntos en el salón, todos los ojos se posaron en el muchacho con expresión interrogante. Aldo se sentó, pero no respondió a sus mudas preguntas. La mesa estaba repleta de manjares y la luz de las velas poblaba de claroscuros los rostros de los comensales. Diagor esperó a que Aldo se hubiese acomodado para situarse en la cabecera de la mesa y empezar a pronunciar su discurso.

—Mañana emprenderéis el que, sin duda, será el viaje más importante de vuestras vidas. Debéis encontraros con vosotros mismos, y para lograr vuestro propósito, cada uno tendrá que responder sus propias preguntas.

Los muchachos aguardaron expectantes. Ninguno era capaz de adivinar cuál sería el mensaje que Diagor les reservaba, pero estaban seguros de que sus palabras, fueran cuales fuesen, se les quedarían grabadas para siempre en su memoria.

—Dos de vosotros tenéis las sombras cambiadas. Eso significa que vuestras madres atravesaron una grieta del tiempo y dieron a luz en un lado del mundo que no les correspondía. Habrá, por tanto, en alguna parte, un caballo y un árbol emparejados a vuestras respectivas sombras humanas. Por eso, lo que vosotros deberéis hacer será buscar a vuestras familias, indagar las razones que indujeron a vuestras madres a viajar al otro lado... Tendréis que hacerlo, necesariamente, para averiguar dónde se encuentran ese árbol y ese caballo que retienen vuestras auténticas sombras.

Los ojos de Diagor recorrieron con lentitud el rostro de sus oyentes. Estaban tan atentos que casi parecían estatuas.

—En tu caso, Elene, la vida se te marchita. Sabes que tus días están contados si no encuentras tu sombra. Tu cuerpo es sólo un cascarón que irá perdiendo gradualmente la vitalidad y el interés por las cosas mientras no te reúnas con tu sombra y te conviertas en una persona completa.

Ari escuchó incómodo las palabras de Diagor. Así que aquello era lo que se sentía cuando uno carecía de sombra: una especie de apatía y de desinterés que te acababa quitando las ganas de vivir. Dirigió una mirada esquiva a Elene. Ahora entendía sus lágrimas. Qué necio había sido no comprendiendo su dolor.

—Por eso... —continuó Diagor— tu pregunta deberá ser: ¿dónde podrías encontrar una sombra sin dueño en el país del Norte? ¿Por qué una sombra decidiría huir de su propietaria cuando ella misma se queda incompleta sin su dueña?

Cuando el turno le llegó finalmente a Silvana, Diagor inspiró hondo. Su voz flaqueó de nuevo y Ari se preguntó si la chica no se daba cuenta de que cada vez que Diagor hablaba de ella, su tono de voz se volvía mucho menos neutro.

—En tu caso, Silvana, deberás averiguar qué te ha ocurrido para que tu sombra se haya enfadado tanto contigo y con el mundo. Al contrario que tus compañeros, que han de buscar sus sombras usurpadas o perdidas, tú deberás buscar razones. Tu sombra está enferma y para curarla deberás averiguar la enfermedad que padece. Tu pregunta será... ¿qué razones pueden llevar a una sombra a torturar al ser que le da la vida?

Diagor calló un momento y dirigió una mirada cargada de sentimiento a sus jóvenes invitados. No se oía ni el vuelo de una mosca. Sus palabras cobraban un enorme sentido para cada uno y el silencio de todos reforzaba aún más el efecto producido.

—Recordad bien una cosa. Una sombra perdida o una sombra enferma son sombras enfadadas con sus dueños por lo que, para comprender su comportamiento, hay que ponerse en su lugar y analizar los motivos de su enojo —explicó—. Por el contrario, una sombra cambiada es una sombra obediente, una sombra cuyo propietario decidió intercambiarla con la vuestra por alguna razón.

Diagor ordenó a un lacayo que llenara las copas y, alzando el cristal al cielo, sonrió a los presentes y exclamó:

—¡Brindad conmigo por el éxito de vuestra misión! Tras el juramento que habéis pronunciado, las cuatro preguntas os pertenecen a todos por igual. Vuestros destinos están unidos hasta que esto acabe.

Todos bebieron y se sintieron reconfortados al no tener que enfrentarse solos a aquellas preguntas tan inmensas para chicos de catorce años; todos juntos podrían afrontar mejor lo que el destino les deparara. Incluso Ari se sintió contento de poder contar con el apoyo de los demás. La visión de las sombras alocadas de sus caballos le había dejado muy intranquilo. Era la primera vez que las veía comportarse como si tuvieran vida propia. Hasta entonces, siempre habían obedecido todos sus movimientos.

10

Todos se levantaron temprano al día siguiente. Ari espiaba de reojo los movimientos de Aldo, pero no decía nada. Todo aquello se le antojaba confuso porque no eran ellos los que tomaban decisiones sino el destino el que parecía impulsarles a actuar. Pronto, sin embargo, dejó de pensar en ello. Al fin y al cabo, quizás aquello fuera lo normal cuando se tenía la posibilidad de viajar un día al pasado y, otro, al futuro. Quizás el tiempo entonces se volvía loco y no era capaz de esperar a que cada uno decidiera qué hacer con su propia vida.

Después de ponerse las ropas que un lacayo les había traído de parte del señor de la fortaleza y que, evidentemente, procedían del lado de los rascacielos, los muchachos bajaron al patio del Norte y se reunieron con las dos chicas que les esperaban allí, ataviadas con el mismo tipo de atuendo. La noche anterior, Diagor les había comentado que su búsqueda empezaría por el lado Norte.

El señor de la fortaleza se reunió poco después

con ellos y les entregó un papel con una dirección del Norte.

—¿Está cerca de aquí? —preguntó Elene después de leerla.

—Justo dos manzanas más allá de la primera rotonda.

—¿Quién es este Bruno Lamerton?

—La persona que os va a aconsejar y a la que deberéis acudir si tenéis cualquier problema. Yo ya no os puedo ayudar más. Soy el señor de la frontera entre dos mundos. No debo tomar partido por nadie.

Se despidió cordialmente de todos pero reservó su sonrisa más especial para Silvana. Le acarició afectuosamente la mejilla y Ari supo que si aquella mañana Diagor estaba allí, con ellos, era por su hija.

—Tened mucha suerte —les deseó y, mirando especialmente a Ari, recalcó—: Y mucha prudencia.

Salieron todos de allí despacio, como con cansancio. Les apesadumbraba abandonar el lugar que durante siete años había sido su hogar. Bajaron las escaleras con paso lento y se pararon para echar un último vistazo a la mansión Sákara. Allí dentro quedaba la seguridad mientras que ante ellos se abría un futuro incierto. Se volvieron y empezaron a andar. Su camino parecía discurrir justo en sentido contrario a Sákara.

Salieron del parque por las verjas de hierro y, tras llegar a la rotonda que había mencionado Diagor, Elene preguntó la dirección que buscaban a dos transeúntes, y enseguida encontraron el lugar.

El edificio donde vivía Bruno Lamerton era un antiguo almacén de uso industrial cuyas torretas picudas y ventanas ojivales le añadían cierto aire gótico. Estaban a punto de llamar al timbre de la puerta cuando un hombre entrado en años, bastante calvo y bajito, les abrió. Unos ojos vivarachos de color azul asomaron por encima de unas lentes bastante deterioradas.

—Pero si yo te conozco, tú eres... —empezaron a decir todos a la vez, callándose al instante al detectar que los demás, a pesar de sus diferentes procedencias, también le conocían.

Ari reconoció en él a un vecino de su pueblo; Aldo, a un pescador que ayudaba de vez en cuando a su hermano; Elene, al tendero de Italia, y Silvana, a un primo lejano. Todos sus recuerdos se remontaban a sus respectivas infancias, las que habían vivido fuera de Sákara.

—Pero tú no te llamabas Bruno Lamerton... —espetó Ari intentando en vano recordar el nombre de aquel vecino que siempre estaba de viaje y que regresaba de de vez en cuando al pueblo.

El anciano sonrió con afabilidad.

—No, no me llamo así. A lo largo de mi vida he usado muchos nombres prestados. Mi auténtico nombre, en realidad, es Nat. Soy amigo de Diagor.

Ari le observó con curiosidad. ¿Sería aquél el amigo de Diagor que se había colado junto a él por la puerta Sur y había sufrido tantas desgracias? ¿Aquel que había envejecido prematuramente?

—¿Cómo es posible que todos te conozcamos, Nat? —preguntó Aldo.

—Llámame mejor Bruno. El nombre de Nat no me trae buenos recuerdos —solicitó con una sonrisa amarga—. El Sur es misterioso y tiene muchos atajos. Hace una semana me llamó Diagor y me pidió que os ayudase, así que allí me fui, a vuestro pasado y, bueno, por lo que se ve, vuestros recuerdos se os han actualizado en sueños y ahora aparezco yo en ellos —dijo risueño—. Pero pasad, pasad, éste no es lugar para explicar secretos importantes —les apremió tras inspeccionar ambos lados de la calle—. Ahora os explicaré.

Los chicos obedecieron y se encontraron en un salón con un decorado tan escaso y medieval que Bruno, ante sus miradas sorprendidas, sonrió.

—Aunque procedo del lado Norte, ahora cumplo la penitencia que el tiempo me impuso para expiar mis pecados —explicó no sin cierta ironía—. Como suelo ir a menudo al lado Sur, he acabado acostumbrándome a su austera decoración. Sentaos donde podáis —dijo señalando los contados sillones de madera que amueblaban la estancia—. Pero antes decidme quiénes sois de un lado y quiénes, del otro. Mejor aún, los del lado Sur colocaos a la izquierda y los del Norte, a la derecha.

Elene se fue hacia la derecha, Aldo y Silvana se agruparon en la izquierda y Ari se quedó durante unos segundos en el centro, sin saber qué partido tomar. Finalmente, molesto por las miradas expectantes de todos, se reunió de mala gana con Elene.

—Muy bien. Poneos frente a la luz. Quiero ver vuestras sombras antes de decidir por dónde empezar.

Los chicos obedecieron. Bruno examinó con aire entendido las sombras de todos y, enseguida, tomó una decisión.

—Creo que lo primero será buscar tu sombra —dijo señalando a Elene—. Es necesario reuniros cuanto antes. La ausencia de tu sombra empieza ya a notarse en el gris de tu mirada.

Todos los ojos se volcaron con curiosidad en aquel

gris del que hablaba Bruno. Elene, ruborizada, bajó el rostro, incómoda por la atención general, y los demás, al darse cuenta, centraron sus miradas de nuevo en Bruno. El anciano sonrió y atisbó a sus oyentes por encima de sus anteojos.

—Bien, para empezar deberéis tener en cuenta que hay una serie de normas diferentes para el lado Norte y para el lado Sur. Ambos sitios son peligrosos para unos chiquillos como vosotros, pero el tipo de riesgo es diferente. Ya conocéis el fanatismo y el miedo supersticioso del lado Sur, así que no me extenderé más en ello. Sólo recordad que allí debéis, por encima de todo, pasar desapercibidos e imitar en lo posible a los demás. El lado Norte os dejará más tranquilos en cuanto a vuestras rarezas. Allí hay más libertad en cuanto a la manera de ser, de vestir o de pensar, pero vuestra edad, al contrario que en el lado Sur, donde muchos muchachos se quedan solos y deben ganarse la vida desde edad temprana, os acarreará problemas. No podréis hacer muchas cosas, ni tomar grandes decisiones, porque aún sois considerados niños. Bien...

Se levantó y se encaminó hacia un aparador. Se agachó y abrió uno de los cajones. Los chicos no supieron distinguir si el crujido que se oyó procedía del mueble o de los propios huesos de Bruno Lamerton. El anciano regresó con una carpeta de cuero que puso encima de la mesa central, a cuyo alrededor se habían sentado ya todos.

—Cada vez que consigáis vuestro objetivo, deberéis volver aquí y yo os estaré esperando con nuevas indicaciones. En cuanto os marchéis, contactaré con los espías que tenemos dispersos en ambos mundos y, con la información que me suministren, podré ayudaros más eficientemente en vuestra tarea. Diez semanas no es nada en ninguno de ambos mundos, pero en el Sur, con los problemas de transporte que allí hay, es ciertamente muy poco. Bien... ¿por dónde íbamos? ¡Ah, sí! Tu sombra, muchacha...

—Me llamo Elene —precisó la chica. No le gustaba que la gente no se dirigiera a ella por su nombre. Bastantes problemas de identidad tenía ya careciendo de sombra.

A Bruno le debió de parecer graciosa la matización de la chica, porque sonrió.

—Bonito nombre, sí señor. Pero no debieras usarlo demasiado mientras sigas incompleta; no vaya a ser que una mala sombra decida ocupar el vacío dejado por la tuya —dijo guiñándole un ojo. Elene puso los ojos en blanco. A los catorce años resultaba aún difícil acostumbrar a los adultos a que dejaran de tratarla como a una niña—. Pero veamos...

Bruno se sentó, tomó la carpeta y la abrió. Se ajustó las gafas y empezó a hojear las láminas que había dentro.

—Tu caso es raro pero no único en el lado Norte. Hay un lugar en el Norte donde existen muchas sombras sin dueño. Se reúnen allí para ahogar sus penas y no sentirse tan desgraciadas en su soledad. —Se reclinó cómodamente en su asiento y se dispuso a explicarles el sentido de aquellas palabras—. Os voy a contar una historia muy triste que ocurrió hace más de medio siglo en el lado Norte. Las naciones del mundo estaban en guerra y se intentaban destruir las unas a las otras. Una mañana de agosto, uno de los bandos lanzó el infierno sobre el otro. Los hombres del Norte llaman bombas a esas promesas de muerte que arrojan sobre sus enemigos desde el cielo. Pues bien, la bomba al estallar en la tierra se convirtió en una inmensa bola de fuego que arrasó una ciudad entera y proyectó en el cielo una enorme seta letal. La gente que se encontraba cerca del punto de impacto se vaporizó. Los ojos de los que miraron directamente el resplandor se derritieron al instante. En menos de nueve segundos, cien mil personas murieron y más, muchas más, sellaron su suerte. Porque aquella muerte creada por humanos era ponzoñosa y no jugaba limpio. Se metía en las entrañas y acababa matando al cabo del tiempo a los que ya habían dado gracias a sus dioses por haber salvado la vida. —Calló un momento, quizás abrumado por la historia o por su propia vejez, cada vez más poblada de relatos similares—. El acero y el hormigón ardieron como el papel mientras una lluvia negra y venenosa empezaba a caer sobre los vivos. Las personas circulaban sin rostro porque la piel se les había caído; sin ojos porque la luz intensa y cegadora les había arrebatado el color; sin ilusión, porque muchas de ellas lo habían perdido todo en apenas un instante...

La voz del anciano se fue extinguiendo lentamente hasta que, al final, guardó completo silencio, quizás en señal de duelo por todos aquellos seres humanos muertos a manos de otros hombres. Los chicos, que habían escuchado sobrecogidos el relato, sabían que desgraciadamente aquello no era un cuento que un escritor hubiera inventado en una noche de insomnio.

—¿Y es al mundo del Sur al que se le acusa de ignorante? —preguntó Aldo, indignado—. ¿Estáis seguros de eso? ¿Qué es el progreso, Bruno? ¿Tan sólo descubrir cosas nuevas?

El anciano inspiró hondo. Eran preguntas difíciles de responder.

—Al ser humano le cuesta avanzar hacia la sabiduría. En eso es mucho más lento que en cualquier otra cosa.

Ari miró alternativamente a uno y a otro, y preguntó:

—¿Y qué tiene que ver eso con la sombra perdida de Elene? —Él no era tan dado como Aldo a pensar las razones últimas de las cosas. Para él las motivaciones de la gente eran incomprensibles y siempre lo serían. Había gente mala, gente buena y, en aquel momento, una sombra perdida en algún sitio, esperando que su dueña la encontrase. Lo demás eran divagaciones que no llevaban a ningún sitio.

Bruno sonrió. Siempre resultaba gratificante contar cosas a los jóvenes porque, por mucho que se indignasen con el pasado, la vida bullía en ellos con tanto vigor que nunca les quitaba las ganas de seguir luchando.

—Ten un poco de paciencia, muchacho. Antes de llegar al fin de las historias hay que empezar por el principio —replicó con afabilidad—. La luz emitida por la bomba creó aquel día sombras permanentes. Desaparecieron hojas, flores, personas, barandillas, escaleras, pero sus sombras permanecieron; sobrevivieron porque no les dio tiempo a acompañar el destino de sus dueños. Unas quedaron marcadas a fuego en la madera; otras, grabadas en la roca por las altas temperaturas. Pues bien, a esas sombras que se quedaron solas, abandonadas por todos, les dio tiempo para pensar y pensar. Se enfadaron con los hombres y decidieron separarse para siempre de ellos y alejarse de su agresividad. Desde entonces han perseguido a todos los descendientes y responsables de la matanza para vengarse de ellos. Sé que hace años surgió en su seno un comando que se filtraba en los hospitales y robaba las sombras de los niños recién nacidos que estuvieran relacionados, de una u otra manera, con la masacre.

Los chicos se miraron entre sí, con cierta incomodidad. Aquel relato resultaba espeluznante.

—¿Y eso se supone que fue lo que pasó conmigo? —preguntó Elene, aturdida.

Bruno se encogió de hombros.

—No lo sé, Elene, eso es algo que tú misma deberás averiguar. Quizá tu familia tuvo algo que ver con eso. Quizás uno de tus antepasados dijo que sí a la barbarie y ayudó a que aquel pájaro de fuego lanzara la muerte sobre tantos miles de personas. Quizá tu padre o tu madre intervinieron de alguna manera en la locura. Vete a saber cuál ha sido la razón de que la maldición haya acabado cayendo finalmente sobre ti.

Elene suspiró. La trágica historia que había contado el anciano no era nueva para ella. En el lado Norte, todo el mundo la conocía. Había sido la primera bomba atómica lanzada sobre una población civil.

—Pero no puede ser... Ni mi padre ni mi madre han... —empezó a balbucear. Pero no pudo completar la frase. Quería defender el honor de su familia pero no podía. A su madre no la había conocido, y su padre, en su tristeza, tampoco encontraba palabras para hablar de ella.

Ari se quedó pensativo. Tenía tan buena relación con su sombra que no le cabía en la cabeza que ésta pudiera abandonarle por los actos perpetrados por sus antepasados.

—Pues no me parece justo —resumió.

—¿El qué? ¿El comportamiento de las sombras o el de los humanos? —replicó Bruno sonriendo con amargura—. Sé que no debería existir la venganza más allá de la propia responsabilidad personal, pero entendedlo: las sombras han pasado tanto tiempo con los humanos que se comportan igual que ellos, incluso en lo malo.

—¿Y qué debo hacer? —intervino Elene.

—Ir al País del Sol Naciente, a la ciudad sobre la que cayó aquella primera bomba. Allí encontrarás un enorme muro de unos diez kilómetros de largo donde viven las sombras sin dueño. Lo construyeron ellas mismas en las afueras de la ciudad destruida con los restos de aquel día, con las paredes de los edificios en los que quedaron plasmadas las sombras de carbón de los objetos y de las personas desintegradas repentinamente por la explosión. Ese muro no es fácilmente accesible, pero no os preocupéis, un amigo mío os ayudará una vez os encontréis allí.

—¿Y allí estará mi sombra?

Bruno se encogió de hombros.

—¿Quién puede saberlo con seguridad? Yo, chiquilla, sólo sé que si tu sombra todavía está viva, sin duda estará allí, junto al resto de sombras huérfanas de dueño. —Rebuscó en la carpeta y sacó unos documentos—. Tomad esto. Son identificaciones y autorizaciones de vuestros padres para viajar. Todas obviamente falsas. Aquí tenéis los billetes de avión y un poco de dinero por si necesitáis algo. Llamaré inmediatamente a un taxi. Salís dentro de tres horas —les informó mientras descolgaba el teléfono y marcaba un número. Entonces pareció acordarse de algo y, sonriendo, apartó la oreja del auricular y agregó—: ¡Ah, y mucha suerte!

Los muchachos del lado Sur se quedaron boquiabiertos tras su primera carrera en taxi pero, sobre todo, con el aeropuerto. Jamás habían visto un edificio tan grande y con unos ventanales tan llenos de pájaros de acero. Tras pasar los controles, se introdujeron en el vientre de uno de aquellos pájaros y Ari sintió que sus manos temblorosas se aferraban desesperadas a los reposabrazos. Elene le miró preocupada. Estaba sentada a su lado, por indicación de Aldo, que sabía lo nervioso que podía ponerse su amigo en un espacio cerrado y prefería que alguien del Norte le acompañase y le tranquilizara, explicándole todo aquello que no entendiera.

—Está todo bajo control, Ari. No te preocupes. Es un medio de transporte muy seguro —dijo, afortunadamente sin añadir «cuando no se estrella».

—No... no estoy nervioso... —dijo apretando aún más sus manos cuando sintió que el aparato empezaba a acelerar preparándose para el despegue.

—Ari —susurró Elene.

Pero el muchacho era incapaz de reaccionar. Apretaba tanto sus dientes que parecía estar manteniendo una lucha a muerte con ellos. El avión despegó haciendo un espantoso ruido y Elene puso su mano sobre los crispados nudillos del muchacho y sonrió:

—Ari, puedes relajarte. Estamos ya flotando en el aire.

Ari suspiró aliviado y miró alrededor. Dejó que sus ojos escudriñaran el paisaje a través de la ventanilla, pero, al descubrirse por encima de las nubes, se desmayó.

11

Ari volvió a la luz con un sobresalto. Odiaba perder el conocimiento y, con ello, el control de su vida por unos instantes. Aturdido, miró alrededor y se encontró con los ojos comprensivos de Elene que, para suministrarle aire, agitaba frente a su cara uno de los raquíticos manuscritos que había en la parte de atrás de todos los asientos.

—¿Estás bien, Ari? ¿Quieres que llame a una azafata?

Ari negó con la cabeza. No sabía qué era una azafata y no le apetecía averiguar el significado de un nombre tan feo. Elene, sin embargo, tras examinar la palidez en la cara de su compañero llamó a una de las azafatas.

—Por favor, ¿podría traernos un vaso de agua? Mi amigo no se encuentra bien.

La mujer observó con ojos entendidos el lívido rostro del muchacho, sonrió y se marchó para volver poco después con un vaso de agua. Ari lo tomó en sus manos y bebió con avidez. Al acabar, se sintió mucho mejor.

—Gracias.

Elene sonrió y volvió a sumergirse en sus pensamientos. Desde el día anterior estaba muy callada. Ari la miraba insistentemente con el rabillo del ojo sin saber qué hacer o qué decir. Después del comentario de Diagor estaba preocupado por ella. No sabía cuánto tiempo le quedaba a la chica antes de sucumbir a la ausencia de su sombra.

—Pronto la encontraremos —dijo de repente sin venir a cuento.

Ella alzó la cabeza, sorprendida ante el inesperado comentario.

—Tu sombra, digo —aclaró Ari.

Elene sonrió y asintió como diciendo «Ojalá» pero no añadió nada más y volvió a sumirse en la lectura de la revista que tenía en sus manos.

—¿Tienes miedo? —susurró Ari de pronto.

Elene apartó de nuevo la vista de su lectura y le miró sorprendida. Esta vez, no tanto por la pregunta, sino por la persona que la hacía. No era habitual que el muchacho se interesase abiertamente por nadie. Se tomó un instante para pensar la respuesta y luego declaró:

—Estoy recorriendo medio mundo para encontrar algo que no sé siquiera si existe, y si no lo encuentro moriré —suspiró—. Sí, Ari, tengo mucho miedo. No quiero morir.

El muchacho volvió la cabeza para curiosear por la ventanilla, pero miraba sin ver porque lo único que deseaba era que su mano reuniese el valor suficiente para coger la de la chica y consolarla. Movió ligeramente los dedos, pero antes siquiera de separar la mano de su pierna, Silvana les interrumpió.

—¿Sería posible pedirle a esa mujer un poco más de agua?

Ari se volvió y sonrió al ver a su amigo tan desmayado como él. Elene alzó de nuevo la mano para llamar a la azafata y Ari juzgó que había perdido la oportunidad de buscar la mano de la chica y suspiró; no se le daban bien aquellas cosas. Se entretuvo un rato admirando las nubes, desde arriba, como nadie del lado Sur había contemplado jamás, y poco después se quedó profundamente dormido.

Se despertó en el momento en que Elene le zarandeaba intentando despabilarle.

—Venga, dormilón. ¡Qué manera de dormir! ¡Me has dado una envidia de muerte! Yo soy incapaz de conciliar el sueño en un avión.

Ari se incorporó, aturdido al ver cómo todas las personas a su alrededor recogían sus pertenencias y se levantaban de sus asientos.

—¿Hemos llegado ya? —preguntó, perplejo. Recordaba que por delante de la cabaña de sus abuelos pasaban carruajes y la gente tardaba semanas e incluso meses en llegar a su destino.

Elene asintió y, después de avisar a Aldo y Silvana, se apresuró a recoger sus cosas y salir. Ninguno de ellos había traído mucho equipaje, por lo que no necesitaron esperar la cinta que devolvía a los pasajeros sus pertenencias. Todo lo que habían facturado era equipaje de mano.

Un joven trajeado acudió a buscarles a la salida del aeropuerto. Elene lo distinguió enseguida. Llevaba una cartulina con el nombre de Bruno Lamerton escrito en ella. Era japonés. Elene le saludó amablemente pero el resto de los chicos no acertó a decir palabra porque no podían dejar de mirarle a él ni a todos los japoneses que circulaban alrededor. En el lado Sur jamás habían visto a personas que no fueran de raza blanca, y aquellos ojos rasgados les llamaban poderosamente la atención.

—Bruno me llamó y me dijo que os reservara plaza en un buen hotel para que pudierais descansar hasta que llegara la noche. El muro al que vamos sólo está vivo a partir de la medianoche. —Bajó un poco la voz y les explicó—: Una sombra que no tiene dueño es muy frágil y no puede permitir que el sol la toque porque se desintegraría. Debe resignarse a la noche y a la luz del fuego o a la artificial. —Hizo una señal al taxi más próximo y cuando éste se paró, les indicó—: Entrad.

Los chicos penetraron en la parte de atrás del taxi y su guía, tras indicar al conductor el destino al que se dirigían, se sentó en el asiento del copiloto y se volvió hacia ellos.

—Pero perdonad... No me he presentado. Mi nombre es Yami. Vivo aquí y suelo hacer de intermediario a la hora de establecer entrevistas amistosas entre las sombras fugadas y sus dueños —dijo mirando, sobre todo, a Elene a la que había identificado, sin duda, como la afectada. Todos sus clientes se distinguían por aquel aire triste y apagado en la mirada—. No te preocupes, pequeña. Estás con el mejor. He conseguido bastantes reconciliaciones.

Llegaron al hotel, un edificio alto y moderno, y Yami, tras arreglarlo todo en recepción, se marchó después de quedar en ir a buscarles a las doce de la noche.

Elene logró convencer a duras penas a sus compañeros para que entraran en el ascensor. Ari no dejaba de repetir que quería subir andando, que no soportaba verse encerrado en espacios reducidos. Sólo cuando se dio cuenta de que los dedos de sus dos manos no eran suficientes para contar el número de pisos que le separaban de su habitación, aceptó meterse finalmente en aquel cajón movido por fuerzas invisibles.

Las dos habitaciones asignadas eran contiguas. Ari y Aldo parecían tan tímidos y fuera de lugar en aquel pasillo que Elene les preguntó:

—¿Os ayudo en algo?

—Sí, bueno, esto... —empezó a decir Aldo dándole vueltas a aquella tarjeta que les habían dado en recepción. No sabía qué hacer con ella.

Elene se echó a reír y arrebatándole suavemente la tarjeta la introdujo por la ranura. Los chicos observaron con la boca abierta cómo la puerta se abría. Las llaves del mundo del Norte eran muy extrañas y decididamente mágicas.

—Si necesitáis algo sólo tenéis que llamar a nuestra habitación —dijo. Dudó un instante si explicarles cómo se usaba el teléfono pero finalmente decidió no hacerlo. Habían sido ya demasiadas impresiones en un día—. Hasta la noche.

Cuando la puerta de la habitación de las chicas se cerró, los dos muchachos entraron un poco asustados en aquel cuarto del mundo del Norte y decidieron no tocar nada. Aquellos artefactos que se veían por todas partes seguramente estaban al acecho, prestos a saltar y zampárselos de un bocado. Aldo se derrumbó en una de las camas y Ari ocupó la otra.

—Estoy hecho polvo. Jamás pensé que esos pájaros de metal pudieran dejarte los huesos tan molidos y...

—empezó a decir, pero antes de acabar la frase ya se había quedado dormido.

Ari le miró y sonrió con tristeza. Había cosas que no cambiaban. Aldo seguía teniendo tan buen dormir como siempre. Le observó durante largo rato, recordando con afecto todos los momentos vividos con él, y se preguntó si tal vez aquélla sería la última vez que pudiera contemplarle así.

A la hora indicada, Yami acudió al hotel. Gracias a Elene, que había avisado en recepción para que les llamasen a las once, pudieron estar todos listos a aquella hora. Aldo y Ari casi se murieron del susto cuando aquel aparato empezó a sonar y sonar en la habitación como si fuera un instrumento musical. Ninguno de los dos se atrevía a tocarlo. Y es que en su mundo, si un objeto sonaba sin haber dedos humanos cerca, por fuerza debía de estar poseído por el diablo. Afortunadamente, la voz de Elene desde el otro lado de la puerta les explicó lo que tenían que hacer, y, siguiendo sus instrucciones, lograron, al fin, acallarlo.

Los chicos salieron a la calle y se encontraron ante un coche amarillo bastante viejo.

—Esta vez no cogeremos un taxi —explicó Yami—. A las sombras no les gustan porque siempre llevan gente de paso. Detestan a los humanos curiosos y siempre hacen todo lo posible para despistarles. Y tienen muchos mecanismos de defensa y de camuflaje, os lo aseguro. Sé de muchos que se han perdido en los suburbios y se han pasado toda la noche dando vueltas por sus calles como si éstas se hubieran convertido en un laberinto. —Sonrió—. Pero no os preocupéis, no será nuestro caso. Conocen mi coche y saben que nunca llevo turistas sino personas incompletas. Venga, entrad.

Los chicos obedecieron y se acomodaron en el pequeño vehículo. El coche arrancó y les condujo hacia las afueras de la ciudad. Las avenidas de elegantes escaparates empezaron a afearse y a convertirse en calles de paredes descascarilladas. Las vías, de estar atiborradas de gente, pasaron a estar salpicadas de individuos de mala calaña que les miraban torvamente. A medida que el coche avanzaba, las pocas señales de vida se convertían en callejones desiertos y en descampados. Elene miraba aprensiva alrededor y se preguntaba si su sombra podría haberse llegado a acostumbrar a vivir en un ambiente tan desolador.

Ya fuera de la ciudad, Yami se detuvo ante un paso a nivel y, tras dejar pasar el tren, cruzó las vías. Siguió un buen rato por una carretera comarcal paralela a las vías, llena de baches, y, luego, se desvió por un camino de tierra y se adentró en una pradera de hierba seca. Los muchachos miraban a todos lados intentando, en vano, distinguir algo. Yami se abrió paso hacia otra carretera en mal estado y, de pronto, todos distinguieron un muro y supieron que acababan de llegar al lugar al que se dirigían.

Los chicos salieron del coche y miraron espeluznados aquella larga pared que a duras penas se mantenía en pie. Yami explicó en voz muy baja que el muro, al llegar la noche y quedar expuesto a las tenues luces de las farolas de aquella carretera poco transitada, permitía que las sombras resucitaran de entre las tinieblas.

Los muchachos le escuchaban sin apartar la vista del muro. Aquello era tan increíble que apenas podían creer lo que veían. Allí, en el muro, las sombras se movían, corrían, jugaban a las cartas, leían libros, acariciaban sus animales... Pero sus propietarios no estaban, no aparecían en ningún sitio entre la luz y ellas. Eran sombras sin dueño.

Yami señaló un vertedero delante del muro donde yacían muebles que proyectaban sus sombras sobre la pared. Todos miraron a Yami como mendigando una explicación.

—En este muro residen todas las sombras que, por uno u otro motivo, abandonaron a su dueño humano y acabaron llevando una vida aparte. Pero, tanto si fueron robadas como si se perdieron o se independizaron por propia voluntad, todas vinieron a parar aquí —explicó el hombre—. Este muro es, por así decirlo, su casa. Así que, como comprenderéis, les viene muy bien tener cerca un vertedero, con sofás, mesas y sillas reales, donde facilitarse las siluetas de un mobiliario.

Los muchachos se dieron cuenta de que, efectivamente, al incidir la luz de las farolas sobre los objetos desechados del vertedero, sus sombras, proyectadas sobre el muro, se integraban, con perfecta naturalidad, en la vida cotidiana de aquellas otras sombras humanas.

—Pero... ¿y los basureros? ¿No se extrañan al ver estas sombras?

Yami negó con la cabeza.

—Este vertedero no es oficial, Silvana. La gente lo usa para desprenderse de los muebles y artículos que ya no le sirven, pero está tan lejos de la ciudad que ni siquiera se molestan en traerlos de noche. En este lugar, las sombras pueden sentirse a salvo de las miradas de la gente.

Ari sintió un escalofrío al contemplar aquellas sombras. Aquello era ciertamente siniestro. Pero no dijo nada para no entristecer a Elene. Él se sentiría fatal si encontrase a su indomable sombra perdida en un lugar tan lúgubre y tan ausente de color.

Yami cerró el coche y dijo:

—Podéis pasear tranquilamente delante de ellas. Mientras no rompáis el haz de luz procedente de las farolas, os ignorarán. A pesar de que secretamente suspiran por un humano que las adopte y las lleve lejos de aquí, son demasiado orgullosas para reconocerlo.

Tanto Ari como Aldo notaron que sus sombras se rezagaban, espantadas ante la presencia de tanto espectro. Pero no les hicieron caso y las obligaron a continuar. Todos los ojos eran pocos para distinguir, entre las miles de sombras allí existentes, aquella cuya silueta correspondiera a la de Elene.

—¿Estás seguro de que está aquí? —preguntó Aldo a Yami en voz muy baja, aprovechando que Elene se había adelantado y no les oía.

—Eso espero. Si no está aquí, significará que dejó de existir hace tiempo.

Ari advirtió el estremecimiento de Elene al oír aquello. El muro creaba un eco que les había permitido escuchar lo que Aldo había tenido tanto cuidado en ocultar. En aquella ocasión, su mano obedeció y buscó la de la chica.

—La encontraremos, ya lo verás. Lo presiento —dijo con sinceridad.

Elene intentó que sus labios esbozaran una sonrisa en su rostro pero apenas lo logró. Tenía miedo y Ari lo percibía con tanta claridad que apretó aún más su mano con la suya. Recorrieron los diez kilómetros una y otra vez. Vieron sombras que jugaban al tenis, otras que montaban a caballo, algunas que leían plácidamente en un sofá de su casa... Pero en ninguno de sus perfiles reconocían el rostro de Elene.

Los ojos de Ari, influenciados por su propia naturaleza, se desviaban continuamente hacia las sombras de aquellos caballos que, separados desde hacía lustros de sus dueños, habían olvidado el carácter de los animales que los poseyeron y se movían de manera extraña y torpe. Salvo alguna sombra humana, aficionada a la hípica, apenas nadie se acercaba ya a ellos, por lo que se sentían muy solos y tristes.

En una esquina descubrieron sombras humanas destrozadas, sombras de cuerpos dañados o aparentemente enteros cuyo espíritu, sin embargo, se percibía roto y escindido.

—Son las sombras más antiguas del muro; las que, de hecho, lo empezaron a construir —explicó Yami al contemplar el rostro impresionado de los muchachos—. El día de la bomba muchas sombras murieron acompañando el destino de sus propios dueños. Estas de aquí, sin embargo, son las que sobrevivieron a la explosión pero quedaron privadas del ser que les daba vida, impresas para siempre en la piedra por efecto de las altas temperaturas. Sentid lástima de ellas porque se han convertido en espectros. No pueden morir, no saben hacerlo —suspiró—. De vez en cuando se cuelan en las casas, induciendo imágenes en la mente de sus moradores y sembrando de penumbra sus corazones. Les hacen recordar el momento en que el hombre dejó de serlo y se convirtió en monstruo. Se han convertido en la memoria de los vivos.

Aquella noche y las sucesivas, Yami acudió a bus-

carles a medianoche y les acompañó al mismo lugar.
Pero no tuvieron éxito. La sombra de Elene no aparecía por ninguna parte. Así que durante seis días lo único que hicieron fue dormir durante el día y dedicar la noche a recorrer una y otra vez el muro sin éxito.

El séptimo día, Ari se despertó antes, mucho antes de la hora convenida. Oteó la calle desde la ventana de su habitación y supo por la posición del sol que aún faltaba mucho para la medianoche. Intentó conciliar de nuevo el sueño pero, al no conseguirlo, decidió levantarse y estirar las piernas fuera del cuarto, para no molestar a Aldo. Al final del pasillo vio una puerta de cristal medio abierta y se dirigió hacia ella. Le gustaban las terrazas del Norte. Le recordaban aquellos salientes de las montañas que permitían otear el paisaje con ojos de águila. El espectáculo de los rascacielos, además, resultaba impresionante desde allí. Deslizó la lámina de cristal sobre los rieles y, de repente, descubrió a Elene, sentada en el suelo, llorando. Ari se quedó vacilante en el umbral, dudando si marcharse o no. A él no le gustaba que le sorprendieran en tales situaciones. Pero, finalmente, optó por quedarse. Al fin y al cabo, las chicas eran diferentes. A ellas, llorar no las avergonzaba.

Se sentó a su lado, silenciosamente. Ella intentó reprimir las lágrimas para no entristecerle, pero Ari negó con la cabeza.

—Si necesitas llorar, no dejes de hacerlo, Elene. Desahógate ahora que estás acompañada, las lágrimas en solitario son mucho más amargas. —Bajó la vista, algo avergonzado de sus palabras, y añadió—: Bueno, al menos, eso dice Aldo.

Elene sonrió y dejó que las lágrimas surcaran sus

mejillas durante un buen rato. Y Ari aguantó allí, a su lado, rezando para que la chica encontrara en su silencio un poco de compañía. Poco más podía hacer. Eso y vigilar de reojo el curso de sus lágrimas para evitar que acabara ahogándose en ellas. Primero, brotaban más raudas; luego, más lentas; al principio, más caudalosas; luego, más secas... Así hasta que al fin se extinguieron y ambos suspiraron aliviados.

El cielo se oscureció y, cuando se encendieron las luces de las calles y éstas incidieron sobre ellos, Ari notó un cosquilleo conocido en su espalda. Volvió la cabeza y, al distinguir tras de sí el movimiento de su sombra, tuvo una idea.

—Elene, si tú, bueno, si me dejas... —empezó a decir tímidamente mientras alzaba su brazo para rodear la espalda de la chica. Elene le miró desconcertada y él se apresuró a explicar—: Mi sombra es muy grande, mucho mayor que yo y, desde siempre, ha sabido adaptarse a un cuerpo muy diferente al suyo. Podemos compartirla, si tú quieres... —repitió. Su mano, que todavía seguía flotando indecisa en el aire, se atrevió a descender y posarse en el hombro de ella.

Elene entrevió una zona oscura a su espalda, una sombra de caballo cuya silueta abarcaba ambos cuerpos. Su corazón empezó a palpitar. Aunque no la percibía como propia, resultaba acogedor sentir su presencia tan cerca de ella.

—Mi sombra siempre trata de imitarme, pero se ha de adaptar, claro está, a mi propia naturaleza —explicó Ari—. Sus cuatro patas deben recluirse en el espacio de mis dos piernas. Así que si yo paso, como ahora, mi brazo por tu hombro, mi sombra se ve obligada a ocupar todo ese espacio que queda entre nosotros porque no puede dejar mi brazo sin sombra.

Elene se quedó un buen rato contemplando la silueta común. Sabía que no era real, que era como ponerse una peluca postiza, pero se sentía bien sintiendo aquella robusta sombra de caballo ocupando el lugar que le correspondía a la suya... Era como si, viéndola allí, le pareciese más factible imaginarse una propia.

—No es como sentirse completa, pero al menos me hace sentir menos desamparada. Me gusta mucho tu sombra, Ari.

El muchacho sonrió al percibir el coletazo alegre de su sombra ante el comentario de la chica. Últimamente actuaba mucho por su cuenta, pensó, era como si necesitara demostrar que ella también existía y que sus sentimientos también debían ser tenidos en cuenta.

—A mí también me gusta —dijo Ari—. Voy a echarla de menos si alguna vez vuelve con su auténtico dueño.

Elene sonrió también y Ari siguió allí a su lado, sin decir nada, hasta que la chica empezó a hablar y le contó que aquella tarde había llamado a su padre y que éste le había contado muchas cosas de su madre; luego, le confesó el miedo que sentía a no encontrar lo que buscaba; después, los sueños y planes de futuro que temía acabaran no cumpliéndose. Habló y habló durante horas y Ari, por primera vez en su vida, sintió que le importaba lo que le decía alguien que no fuera Aldo. Y en el mismo momento que sintió aquello supo, de repente, dónde estaba la sombra de Elene. La había visto el día anterior pero no había sabido distinguirla porque entonces todavía no se había dado cuenta de lo mucho que le importaba lograr que su dueña sonriera.

12

El padre de Elene estaba sentado en el salón de su mansión, con los codos apoyados en las rodillas y la mirada hundida en el fuego del hogar. Acababa de hablar con su hija por teléfono y se sentía devastado por los recuerdos.

Cogió una fotografía de su esposa y acarició su rostro por encima del cristal. Su hija se parecía cada vez más a ella. Suspiró, y volvió a dejar la fotografía enmarcada en su sitio. Aún le parecía oír a su esposa apremiándole para que la acompañara al desierto a recoger unas muestras de minerales que necesitaba analizar. Había insistido tanto que él, a pesar de lo avanzado de su embarazo, no había sido capaz de negarse. Al fin y al cabo, como ella le repetía una y otra vez, era médico.

Su mujer se encontraba en medio de aquel cráter rojizo y gigantesco, seleccionando minerales, cuando se puso de parto. «Peter, por favor, no te enfades», le había dicho con una sonrisa culpable. Y él se había puesto muy nervioso porque allí no había cobertura y el Jeep estaba demasiado lejos. Al sentir las primeras contracciones, ella había bromeado diciéndole que no se preocupara tanto, que sería rápido, que las mujeres de su familia nunca se habían tomado demasiado tiempo para aquellas cosas.

Así pues, allí se encontraban los dos, en el centro del cráter, con una tienda improvisada para protegerse de los rayos del sol, con el agua de las cantimploras volcada en el recipiente de los minerales y con su pequeño estuche de primeros auxilios abierto a su lado.

La niña estaba ya viniendo al mundo cuando, de repente, todo se oscureció. Él se asustó y preguntó qué pasaba, en el mismo tono irritado que si le hubiesen apagado las luces del hospital en la sala de cirugía.

—Oh, querido, no seas así... —había dicho ella riéndose de él a pesar de los dolores—. Es el eclipse de sol anunciado para hoy. ¿No lo leíste en el periódico?

Y él se había estremecido ante la idea de que su hija viniera al mundo en aquella completa oscuridad, decepcionado por no recibirla con una sonrisa; aprensivo de no poder ver su rostro. El llanto sonó al mismo tiempo que la luz del sol triunfaba de nuevo y, de repente, se vio allí, con una hija entre los brazos y un torrente de emociones en el pecho.

—Es preciosa, Demi, preciosa. Dos bracitos, dos piernitas, una carita perfecta... Es igual que tú.

Al sentir el cuerpecito sano y tembloroso de la niña sobre el vientre, ella le había sonreído con los ojos rebosantes de felicidad.

—Peter, nuestro bebé ha llegado con la sombra de la luna.

Y él, por un momento, había apartado su tontorrona cara de padre feliz de la carita de su hija y la había mirado sin entender.

—Eso es lo que significa un eclipse de sol, Peter. El sol ilumina la luna y ésta proyecta su gigantesca sombra redonda sobre la tierra.

Y él había sonreído, encantado con la idea de que su hija hubiera nacido bajo la sombra protectora de la Luna.

Luego, se despidió de ambas y fue en busca de ayuda. Les dirigió una última mirada desde el borde del cráter y se marchó corriendo. No le gustaba dejar a su mujer y a su hija allí solas, pero no había alternativa.

Antes de llegar a la entrada del parque se encontró a una pareja y les pidió que llamaran a una ambulancia. Luego, subió al Jeep y apretó a fondo el acelerador. Estaba haciéndose de noche y no sabía qué clase de alimañas merodeaban por aquel desierto.

Conducía a toda pastilla cuando, de repente, vio un resplandor lejano y el corazón le dio un pálpito. Aquello, sin duda, había sido una prueba nuclear; existía una base del ejército muy cerca de allí. Sintió que sus manos le temblaban sobre el volante e intentó tranquilizarse. Le aterrorizaba aquella energía descontrolada. Desde que su padre había estado destinado en Hiroshima durante la guerra, la amenaza de la seta letal pendía sobre su familia como una tela de araña. Afortunadamente, su hija había nacido sana, sin aquellas malformaciones que algunos de los compañeros de su padre habían transmitido a sus hijos.

Estaba sumido en estos pensamientos cuando, de repente, un anciano surgió de la nada y se le arrojó sobre el capó del coche. Pegó un frenazo y, acto seguido, salió del automóvil, aturdido, enfadado. Pero el hombre no aguardó. Le miró con los ojos casi salidos de las órbitas y se alejó de allí, corriendo como un poseso, con el cuerpo inclinado hacia delante como si le doliese el estómago.

Los potentes faros del Jeep incidieron sobre el fugitivo y proyectaron una sombra que no se ajustaba, en absoluto, al cuerpo de aquel hombre. En su sombra sostenía a un bebé que, sin embargo, no llevaba en sus brazos. Era como si, en realidad, sólo estuviese portando la sombra de un recién nacido. Había sentido el impulso de correr tras él y luchar por arrebatarle aquel trocito de sombra que, por algún extraño motivo, sentía como propio, pero la razón le había detenido. Aquello no tenía ningún sentido.

Aún seguía impactado por el accidente cuando descubrió una luna llena en el medio del firmamento. Sintió que un escalofrío le recorría todo el cuerpo. Algo muy extraño estaba pasando allí. Él no era un experto en astronomía como su mujer, pero sabía que era imposible que hubiera luna llena justo después de un eclipse de sol. Si la luna proyectaba su sombra sobre la tierra, por fuerza, el lado luminoso de la luna debía estar oculto. Es decir, debía haber una luna nueva. El hecho de que hubiese luna llena en aquel momento, era equivalente a decir que, en menos de dos horas, había cambiado la posición de los astros. Y aquello era imposible.

Se metió de un salto en el Jeep y lo forzó al límite de su potencia. Cuando llegó a la base del cráter, frenó en seco y echó a correr, lleno de oscuros presentimientos, gritando como un loco el nombre de su mujer. Oyó un leve gemido en la lejanía y el llanto desesperado de un bebé. Bajó tropezando y trastabillando, bajo el tembloroso haz de luz de su linterna, y se arrodilló junto a su esposa justo a tiempo de que ésta pronunciase sus últimas palabras.

—A nuestro bebé le han robado algo, Peter... —balbuceaba entre sollozos mientras él observaba, sobrecogido, el rostro de la niña. Jamás había visto semejante expresión de terror y de dolor en un recién nacido—. No sé el qué... no sé... pero algo importante...

A partir de aquel momento apenas recordaba nada más que fogonazos inconexos, su mujer rodeándole el cuello, la niña en brazos, los enfermeros que llegaban en la ambulancia, los médicos que los atendían sin ser capaces de emitir un diagnóstico, las lágrimas en el hospital...

Peter removió el rescoldo del fuego de la chimenea con el atizador. Tras el funeral, se había ido a Italia con Elene, y al descubrir que a su hija le faltaba su sombra, se había obsesionado con la idea de localizar al hombre del desierto al que casi había atropellado. Tras años de búsqueda infructuosa y cuando ya había perdido toda esperanza, al llegar a la mansión Sákara lo había reconocido inesperadamente en una fotografía.

—¿Quién es ese hombre?

—Mi padre —había respondido Diagor—. Pero murió hace tiempo en el desierto.

Tras contarle su historia, el director de la mansión Sákara le había confesado que su padre, en su intento de recuperar a su hermano, había practicado la magia negra, pero que la invocación de las fuerzas malignas del tiempo provocaba un choque tan brutal entre pasado y presente que se producían explosiones terribles.

Por eso, sus practicantes solían estar cerca de campos de pruebas nucleares para así pasar desapercibidos.

—Si aquel día hubo simultáneamente un eclipse solar y luna llena, es casi seguro que mi padre logró invocar un salto en el tiempo. Un salto que, desafortunadamente, pilló a tu mujer y a tu hija en medio. Ya ves, Peter, tu mujer perdió la vida, y tu hija, su sombra. Son jugarretas típicas del tiempo —había murmurado con tristeza.

—¿Y por qué tuvo tu padre que robar la sombra de mi hija?

Diagor se había encogido de hombros.

—La magia negra requiere sacrificios y la sombra de un bebé, nacido en el medio de un salto del tiempo, es un buen tributo. Pero mi padre se olvidó de una cosa, Peter, una cosa muy importante... Y es que a la luna no le gusta que le roben su sombra. Ni siquiera un pequeño trocito de ella.

Peter se alejó del fuego y se aproximó a una de las ventanas de su mansión. Las nubes impedían distinguir la posición de la luna. Desde que Elene no estaba con él, contemplarla era lo único que le reconfortaba. Suspiró mientras corría las cortinas y regresaba de nuevo a sus recuerdos.

Al abandonar Sákara, había decidido tomar un avión con la vana esperanza de regresar al desierto y recuperar la sombra perdida de su hija. Pero lo único que había encontrado había sido a un chamán indio sentado en el centro del cráter sobre una alfombra de vivos colores y fumando en pipa. Se había sentado a su lado y el anciano, como si supiera la razón por la que estaba allí, le había empezado a hablar.

—El hombre que robó la sombra de tu hija murió no lejos de aquí. El mismo día en que se apropió de aquello que no era suyo.

—Anciano, ¿sabes dónde está la sombra de mi hija?

—Cuando la bomba explotó, mató a uno de mis caballos. Sólo quedó de él su sombra impresa en uno de los petroglifos de nuestros antepasados. Una noche de luna creciente le vi abandonar la piedra y echarse a galopar, loco de terror, intentando huir de sus recuerdos. Llevaba sobre su lomo la sombra de un bebé.

—¿Lo viste correr? ¿Hacia dónde? —recordaba haberle preguntado sin tregua.

Y el anciano chamán había señalado simplemente hacia Oriente, hacia el país del Sol naciente.

Justo desde donde Elene acababa de llamar.

13

Todos notaron que Yami estaba deprimido cuando vino a buscarlos aquella noche. Tras un corto trayecto en coche y aprovechando que, mientras conducía, daba la espalda a todos, declaró:

—Lo siento, chicos, pero creo que ya no hay nada más que podamos hacer. He buscado por todas partes pero la sombra no da señales de vida. Contraté incluso los servicios de la sombra de un detective muy competente que se separó de su dueño cuando éste empezó a beber y a arrastrarla por suelos mugrientos y apestosos, pero tampoco ha encontrado el más mínimo rastro de su presencia y eso no es normal. —Miró por el espejo retrovisor y sentenció con voz solemne—: Me temo que no nos quedan muchas esperanzas, Elene. Tu sombra debió de sucumbir hace tiempo a la añoranza y, antes que malvivir, prefirió dejarse morir en una noche oscura. Catorce años de soledad son demasiados para una sombra recién nacida.

Ari frunció el ceño pero no dijo nada. Era increíble lo rápido que la gente tiraba la toalla cuando se trataba de resolver los problemas de los demás. Elene, sin embargo, escuchó con entereza sus palabras y replicó:

—Está bien, Yami. No te preocupes. A veces, por mucho que se intente, no se puede hacer nada. Muchas gracias por todo.

—Lo siento, chiquilla. Te lo digo de veras. —Yami se rascó incómodo su tupido pelo negro. Era obvio que no le gustaba dar malas noticias—. Hoy es ya el séptimo día. Mañana deberéis tomar el avión de vuelta. He llamado a Bruno y está preparándolo todo para vuestro regreso.

El coche se detuvo en el mismo lugar que las seis noches anteriores y los ocupantes, impulsados por la urgencia del momento, abrieron las puertas y salieron con celeridad, dispuestos a echar el resto. No pensaban abandonar el muro hasta haberlo explorado palmo a palmo. Nadie quería rendirse sin, al menos, haber hecho lo imposible por encontrar aquella sombra perdida.

Ari se separó de los demás y empezó a buscar entre las sombras del extremo más alejado del muro. Recordaba perfectamente los relinchos de su propia sombra el día anterior. Al principio, no le había dado mayor importancia. Había imaginado que sería su forma de saludar a aquellos cadáveres de sombras, aquellas siluetas que no tenían ya caballo real de quien obtener la ilusión de vida. Pero no había sido así. Su sombra procedía de un caballo, un animal que no se dejaba engañar fácilmente y había reconocido, tras la grupa de uno de los espectros, la sombra de aquella chica de mirada triste cuyos ojos grises tanto le tranquilizaban.

Tras varias rondas de reconocimiento, Ari acabó

encontrando la sombra del caballo que buscaba y casi de inmediato sintió lástima por él. Aquella sombra no era humana y, por tanto, no podía haberle sido arrebatada a nadie; tan sólo podía ser una víctima directa de la muerte blanca caída del cielo. Se aproximó a ella intentando no hacer movimientos bruscos que la espantaran, pero al instante percibió que retrocedía. No se extrañó; a aquel pobre resto de animal pocas ganas debían de quedarle de confiar en los hombres después de haber presenciado tantas monstruosidades. Se disponía a ponerse en cuclillas y hacer el primer gesto de aproximación cuando, de repente, distinguió unos pies desnudos entre las patas del animal. Sintió un pálpito en el pecho. Presentía que era la sombra que buscaba.

—Sombra, conozco a tu dueña y es mi amiga —le dijo en un tono muy suave. Si aquella sombra humana necesitaba ocultarse tras el espectro de un caballo, debía tratarla con mucho tacto para no asustarla aún más—. Te aseguro que ella no es como las otras sombras te indujeron a pensar, ella es noble y generosa —susurró mientras señalaba la figura negra unida a sus pies—. Ya ves, puedes confiar en mí, yo no soy del todo humano, no te miento. Te aseguro que sólo podrás ser feliz uniéndote a ella.

Cuando la sombra, curiosa, asomó su perfil por encima del lomo del caballo, Ari sintió que el corazón le daba un vuelco. Allí estaba, sin duda, la sombra de Elene, la única que podía salvarla de su destino. Tragó saliva y se impuso ser aún más cuidadoso y paciente. Aquella sombra, al igual que él mismo, había vivido muy sola desde pequeña y no estaba acostumbrada a confiar en los demás.

—¿Me permites que te la presente?

La sombra se volvió a ocultar pero no escapó. Ari decidió interpretar aquel gesto como un sí.

—Regreso dentro de un momento. Espera aquí, por favor.

«Gracias, caballo, te debemos una», le susurró a su sombra mientras echaba a correr en busca de Elene. Sin su presencia, estaba seguro de que aquella sombra asustadiza jamás se hubiera atrevido a salir de su escondite. Cuando divisó a lo lejos a Elene, la impaciencia le hizo apretar aún más el paso, por lo que al llegar a su lado estaba tan jadeante que apenas le quedaba voz para contarle lo sucedido. La agarró de una mano y, tirando de ella sin contemplaciones, hizo que le acompañara a toda velocidad. A medida que se acercaban al lugar, Ari fue frenando la carrera y, tras recuperar el aire, señaló la pared y le susurró:

—Sé paciente, Elene. Tu sombra se esconde detrás de ese caballo, pero es muy tímida.

La chica le miró como si no pudiera creer lo que el chico le decía. Cuando su sombra, presa de la curiosidad, asomó su cabeza por encima del lomo del caballo, Elene la reconoció al instante y sus ojos se llenaron de lágrimas. Jamás había visto algo tan hermoso como aquella sombra.

Cuando los demás, intuyendo algo, se acercaron a ellos, Ari les hizo una señal para que se mantuvieran a cierta distancia. Era importante que nada interfiriese en el curso de aquella entrevista. Elene se sentó en el suelo y estuvo hablando durante mucho tiempo con su sombra, en voz muy baja, contándole cosas de su vida. Sus amigos, a su espalda, aguardaban expectantes el desenlace.

Y de repente, cuando había pasado más de una hora, Elene extendió su mano hacia la pared y tocó su superficie. La había colocado a menos de un palmo de su sombra, pero ésta, a pesar de la cercanía y de lo asustadiza que parecía, no huía. Ari, que era el que estaba más próximo, oyó cómo su amiga suplicaba:

—Por favor, sombra, vuelve conmigo. No sabes lo que es vivir sin ti.

La sombra tardó un rato en reaccionar, pero, al final, sacó tímidamente su brazo desde detrás del animal y lo fue acercando lentamente a la mano de Elene. Todos contenían la respiración. Cuando los dedos de la sombra rozaron los de Elene, ambas se estremecieron. Elene, entonces, rompió a llorar y del perfil de la sombra se desprendieron perlas oscuras. Ambas acababan de sentir en las yemas de sus dedos la felicidad del reencuentro y nada de lo que hubieran podido experimentar hasta entonces podía igualar aquella sensación.

Aquella noche, Elene se quedó dormida, acurrucada junto a la pared. Sólo Ari, que seguía despierto, velando el sueño de su amiga y vigilando los movimientos de las otras sombras, pudo ser testigo de cómo la sombra de Elene, tras pasarse horas contemplándola, sumergía, de repente, su cara entre las crines del caballo, le acariciaba suavemente el lomo y, luego, se desprendía de la pared y, avanzando por el suelo, sigilosamente, se abrazaba a su dueña para compartir ambas el mismo sueño. Aquella noche durmió a su lado y al día siguiente se fue con ella para siempre.

ELENE

En aquel viaje a Japón no dejaba de hacerme preguntas sobre mí misma ¿Qué ocurría conmigo? ¿Por qué algo que tenían todas las cosas con materia, yo no lo tenía? ¿Acaso era que ni siquiera existía? Me repetía una y otra vez que aquello era imposible porque yo me tocaba a mí misma y percibía que no estaba hecha de aire; hablaba y los demás se percataban de mi presencia. Pero, a pesar de ello, no lograba que la duda desapareciera del todo.

Contemplaba a la gente a mi alrededor y me decía que eran unos desagradecidos. Circulaban de aquí para allá, ignorando aquella silueta negra que les acompañaba a todos lados, desinteresadamente. ¡Qué inconscientes me parecían! No sabían lo solos que podían llegar a sentirse si un día desapareciera. Luego, cuando me calmaba, lo pensaba mejor y me decía que quizás era inevitable que fuera así, que quizás el ser humano necesitaba perder algo para percatarse del valor que tenía.

Cuando Diagor nos enseñó el hospital de las sombras, yo sentí que me derrumbaba. Allí todo el mundo tenía problemas con algo de lo que yo ni siquiera podía intuir lo que se percibía teniéndolo. ¿Qué sentía la gente cuando la sombra se enganchaba a ella? ¿Un ligero cosquilleo, una sensación de abrazo? Al menos, algo parecido era lo que había sentido en el hexágono: una sensación de plenitud, de fuerza difícilmente explicable.

Sé que mis compañeros, aunque lo intentan, no me entienden, pero no les puedo culpar. Cómo hacer entender a alguien lo que se siente sin algo que siempre ha tenido, algo que, de hecho, todo el mundo posee. Ni siquiera podrían ponerse por un segundo en mi lugar porque nadie puede desprenderse voluntariamente de su sombra.

La noche que supe que mi problema era que no tenía sombra, no pude dormir; no paraba de dar vueltas en la cama, preguntándome una y otra vez lo mismo: ¿por qué mi sombra se había alejado de mí? ¿Adónde se iban las sombras de los demás cuando desaparecía la luz? ¿Al mismo lugar que la mía? ¿Quizás ocurrió que mi sombra, bajo la potente luz de Italia, se había quedado deslumbrada y no había sabido cómo volver a mí?

Recordaba constantemente las palabras de Diagor: «¿Por qué una sombra decidiría huir de su anfitriona cuando ella misma se quedaba incompleta sin su dueña?»

¿Sería cierto eso? ¿Sería cierto que las sombras nos necesitaban tanto como nosotros a ellas? En Japón, en el muro de las Sombras, pude comprobarlo al fin. Allí una podía encontrar, si quería, muchas respuestas. Cuando Ari se acercó corriendo a mí y me pidió que le acompañara, supe por el brillo de sus ojos que la había encontrado. Por eso, mientras corríamos hacia al lugar que me indicaba, mi corazón latía desbocado. Estaba asustada. ¿Y si después de tanto esperar, mi sombra no quería volver a mí?

Y entonces, cuando la vi, supe cómo se sentía; no en vano era mi sombra. Estaba asustada, sola, sin ganas de vivir. Tuve que reprimir el impulso de lanzarme sobre ella. Quería abrazarla, consolarla, protegerla; pero, al mismo tiempo, sabía que era el momento más importante de mi vida y que no podía precipitarme. Me senté en el suelo con las piernas cruzadas y le conté cosas de mí, de mi vida, de papá... Le dije que la echaba de menos, que la necesitaba; que allí a donde yo fuera, habría siempre un lugar en el que ella se sentiría cómoda.

Noté que mi sombra me escuchaba con atención, pero que, al mismo tiempo, se replegaba aún más detrás de aquella sombra de caballo. Recluida desde siempre en aquel muro limitado, el mundo exterior la asustaba.

Me acerqué poco a poco a la pared y le conté cómo eran las sombras de los caballos vivos. Le dije que sus ojos eran como los del muchacho que había hablado con ella; que cuando galopabas sobre ellos y sentías sus crines ondear al viento, te creías capaz de sobrevolar las nubes. Le conté que yo sabía montar y que, si venía conmigo, saldríamos al amanecer y que, para mí, sería maravilloso posar mi vista en el suelo y verla allí montada sobre la sombra de mi caballo.

Fue cuando acabé de decir aquello cuando la empecé a sentir más cercana. Mi pobre sombra se había hecho amiga de un caballo que no sabía remontar su pena y toda aquella ilusión por las cosas le sonaba a pura música.

Le dije que la vida fuera de aquel muro podía ser muy fea pero también muy bella; que merecía la pena luchar por encontrar ese galope al amanecer, esa lluvia que te empapaba en los días de calor, ese fuego que te acariciaba en las noches de frío. Que, a pesar de la amenaza de una luz de muerte viniendo del cielo, merecía la pena esforzarse por encontrar esa belleza cada día.

Mi sombra entonces empezó a hablarme, bueno, no sé si hablar es la palabra correcta. Sólo sé que sus palabras resonaban dentro de mi cabeza y que yo las entendía. Me dijo que al llegar a Japón se creyó, al principio, una sombra muerta, una sombra sin dueño como el resto de las existentes en el muro. Luego, cuando se dio cuenta de que ella era diferente, vinieron unas sombras muy viejas que investigaron el pasado de mi familia y dijeron que estaba manchado, que mi abuelo había trabajado con la luz letal y que había matado a infinidad de gente. Por eso jamás había intentado buscarme. Quería mucho a aquel caballo que la había rescatado del desamparo y la muerte en el desierto, y le rompía el corazón lo que le habían hecho.

Yo le conté que no era verdad que mi abuelo hubiera participado en la masacre; que él había sido destinado a Hiroshima como enfermero y que luego, horrorizado por lo que había visto, había estudiado ingeniería nuclear para averiguar la manera de controlar aquella energía. Durante toda su vida había trabajado en convertir aquella fuerza destructora en energía útil para la gente. Le repetí lo que papá me había contado siempre: que la energía no era buena o mala, que era el uso que la gente le daba lo que inclinaba la balanza a uno u otro lado.

Le dije que no podía imaginarse lo bella que era la

luz del sol, ni los tonos con que teñía todas las cosas; que si aquellas sombras del muro estaban tan mal era porque aquel día terrible se perdieron los colores y el gris de las cenizas y el negro de la lluvia lo dominaron todo. Le pedí de nuevo que volviera conmigo, que no tenía sentido escapar de la vida para recluirse en un muro, que aquél era un lugar para los espectros, no para los vivos como ella y como yo.

Cuando las yemas de mis dedos rozaron los suyos y sentí al fin el contacto con mi sombra, no pude más y rompí a llorar. Era la primera vez que sentía lo mismo que los demás y casi no podía asumir lo mucho que me había perdido hasta entonces.

Aquella mañana, cuando me desperté, sentí una extraña sensación de bienestar. Me levanté y cuando la luz del sol me acarició, me volví un momento y la vi allí, pegada a mis pies, esperando la galopada prometida. Sentí un escalofrío y deseé hacerla tan dichosa como me sentía yo en aquel momento

Mi mirada se encontró con la de Ari, cuyos ojos sonreían ante mi felicidad. Apenas tenía voz para susurrarle las gracias, pero lo hice sin sonido, sólo con los labios, y él lo entendió.

Cuando me fui al hotel con mi sombra a los pies, apenas podía apartar la vista del suelo, de ella. Me preocupaba que después de tanto tiempo sin mí, no supiera imitarme, que tropezara con mis pies. Pero no, mi sombra, sin separarse de mí, caminaba a mi lado ansiosa por ver adónde la conducía. Estaba tan orgullosa de ella que tenía ganas de cogerla, de abrazarla, de llevarla entre mis brazos. Yami debió de intuir lo que pensaba porque se acercó risueño a mí y me dijo:

—No la malcríes, chiquilla. Déjala en el suelo, les gusta sentir la tierra en su cuerpo. —Se rio enseñándome todos sus dientes—. A no ser que quieras acabar en el hospital de Sákara con una sombra a la que no le gusta tocar el suelo.

Me reí, me sentía tan feliz... Yami se despidió de mí con un beso y me dijo, bajando la voz y señalando a Ari:

—Hay una leyenda entre los nuestros que dice que cuando uno es capaz de encontrar la sombra de otra persona entre mil, su destino queda unido para siempre al de ella.

Y yo sonreí, qué otra cosa podía hacer si ya sabía desde hacía mucho que era cierto.

14

A la vuelta, el avión en que viajaban hizo una escala de dos días en Escocia. Bruno les había llamado el día anterior y les había dicho que, aunque perdieran algo de tiempo, era importante fijar el pacto entre Elene y su sombra. La chica le había prometido un hogar con caballos y debía cumplir su promesa para que la sombra supiese que podía confiar en ella y no huyese de su lado. Dijo que Diagor había contactado ya con el padre de Elene y que éste les estaría esperando en el aeropuerto. Al enterarse de aquello, Ari, por primera vez desde que sabía que sus días con Aldo estaban contados, se sintió renacer. Si Escocia se parecía en algo a lo que había descrito Elene, debía de ser un lugar muy parecido al mundo del Sur: un paraíso repleto de colinas verdes y lagos hermosos. Se durmió apenas puso la cabeza en el respaldo del asiento del avión y no volvió a abrir los ojos hasta que Elene, resoplando de impaciencia, pues llevaba un buen rato intentando en vano despertarle, le dijo que habían llegado ya. Ari sonrió medio adormilado. Sus sueños habían estado poblados de hierba y de cielos azules.

El padre de Elene, que en los días que había pasado lejos de su hija parecía haber envejecido años, lloró de alegría al distinguir a sus pies la sombra perdida. Saludó amablemente a todos, les dio las gracias por lo que habían hecho por su hija y les dijo que su casa, que la isla entera, estaban a su completa disposición.

La furgoneta tardó bastante en llegar a la mansión, pero el trayecto a ninguno de los pasajeros se le hizo largo. Los muchachos del Sur se deleitaban con los lagos y las colinas; con los campos de brezo y los bosques; con el mar y los acantilados. Incluso la presencia de los castillos en ruinas que salpicaban el paisaje les reconfortaba, porque su arquitectura les recordaba a la de su mundo y les hacía sentirse como en casa.

El padre de Elene tomó una desviación a la izquierda y allí, junto a un lago y una colina, divisaron la mansión. Era un edificio amplio, de piedra gris, que miraba hacia el lago y tenía dos torres en las que, a pesar de su fiero aspecto, jamás había guerreado nadie.

Cuando la furgoneta se paró frente a la mansión, estaba ya anocheciendo y todos, después de cenar, estaban tan rendidos que se fueron a dormir. Elene aprovechó el momento en que Ari contemplaba los cuadros ecuestres que presidían el hall de entrada para llevarle a los establos. Quería presentarle a sus amigos, los caballos de los que tanto le había hablado. Ari se acercó a ellos y les miró de frente, a los ojos. Los animales relincharon amistosamente y, enseguida, le aceptaron porque, en el fondo, no le veían como a un ser diferente a ellos. Al observar cómo Elene les abrazaba y acariciaba sus lomos, Ari sintió un hormigueo en el pecho y envidió la suerte de aquellos caballos. Confuso, se despidió rápidamente de la chica y, alegando cansancio, se retiró a dormir. Cuando se tumbó en la cama, el corazón aún le palpitaba con violencia. A medida que pasaba el tiempo, suspiró, la vida se hacía más y más complicada.

Al día siguiente, por la mañana, y tal como le había prometido a su sombra, Elene se levantó temprano y se fue a galopar con su caballo favorito. Jamás se había sentido tan feliz. El viento y el sol salpicaban su rostro, y su sombra, fundida en aquel instante con la de aquel caballo tan hambriento de vida, renacía al sentirse acariciada por la luz del amanecer.

Ari se escapó de la compañía de los demás y, loco de contento por estar libre de nuevo, se pasó toda la mañana trotando y corriendo. Incluso bajo el sol de mediodía, se dejó llevar por sus ensueños y casi creyó percibir su propio relincho. Se sentía tan exultante que pensó que, en aquel lugar, muy bien podía ser feliz alguien como él: un muchacho con sombra de caballo. Pero, casi al instante, sacudió la cabeza e intentó apartar de sí aquel pensamiento; por mucho que todo el mundo dijera lo contrario, él era un muchacho del Sur.

Aldo paseó por los alrededores de la casa de Elene y permitió que Silvana le acompañase para que así la sombra de la muchacha le diera también un respiro. Descubrieron el bosque que rodeaba a la mansión y subieron a la colina próxima. Desde allí, Aldo contempló los lagos que se recortaban entre las colinas y, más allá aún, el mar. Respiró hondo un aire que se parecía mucho al del Sur; tan fresco y limpio como el de su tierra. Se sentía muy a gusto allí, en aquella cima; era como si aquel sitio se hubiera conservado intacto a través de los siglos que separaban el Norte del Sur.

A la vuelta de su galopada, Ari se topó de bruces con Aldo pero, casi al instante, desvió la mirada. Desde el juramento, le dolía demasiado mirarle. Su amigo no había dudado ni un solo segundo antes de jurar; no había sentido ni la más mínima vacilación a la hora de prometer algo que significaba separarse de él para siempre.

Aldo abrió la boca, pero lo pensó mejor y calló. No tenía sentido discutir cuando la carrera bajo el sol había dejado aquel rastro de felicidad en la cara de su amigo.

Las luces del día se fueron extinguiendo lentamente y, mientras contemplaban la puesta de sol, todos supieron que la estancia en aquel oasis de paz había acabado y que la realidad volvía a imponerse al espejismo. Aquella noche, aunque todos se resistían a dormir, reacios a abandonar aquel lugar mágico, el tiempo, implacable, siguió corriendo hasta el amanecer.

Los chicos se despidieron y se trasladaron al avión que les conduciría al lugar de partida. El padre de Elene, tras hablar largo rato con su hija, entendió que ésta tuviera que ayudar a sus amigos y la dejó marchar.

El avión cruzó de nuevo el océano. Aldo contemplaba silencioso aquella inmensa masa de agua que una vez había estado a punto de engullirles a su hermano y a él.

—Es tan hermoso... —susurró.

Silvana asintió y al acercar su cabeza a la ventanilla para apreciar mejor la belleza de la que hablaba, percibió el aliento del muchacho en su nuca y se preguntó si estaría dispuesta a renunciar a aquella sombra malvada que le hacía la vida imposible pero que, al mismo tiempo, le permitía estar tan cerca de Aldo. Sabía perfectamente que si ella estaba allí, ocupando el lugar de Ari, era porque no había otra manera de mantener a raya a su sombra y poder viajar sin llamar la atención.

El avión descendió y aterrizó con suavidad. Luego, ya en tierra, viró lentamente y se dirigió hacia la terminal. Los edificios estaban tan lejos que cuando el avión se detuvo, Elene supuso que vendrían a buscarles en autobús. Aldo extrajo las mochilas de la parte superior, la del portaequipajes, y le pasó la suya. Eran muy ligeras porque, salvo las capas errantes, apenas llevaban nada más en su interior. Elene se dio cuenta de que nunca más necesitaría aquella capa, y sonrió. Cada vez que se acordaba de que su sombra había vuelto con ella, su rostro se iluminaba.

Se encaminaron hacia la salida. Todas las ventanillas del avión estaban teñidas del color del atardecer. Aldo dudó de si ponerse la capa errante pero finalmente decidió que aún no era necesario. La sombra combinada del autobús, el avión y los carros de equipajes formaba una zona oscura que ocultaba sus siluetas. Llamarían menos la atención si no la desplegaban todos a la vez, como una banda de murciélagos.

Elene, Ari y Aldo habían bajado ya las escaleras del avión cuando la sombra de Silvana, retenida en lo alto de la escalera, se volvió loca de repente. Aldo fue el primero en darse cuenta de que algo le pasaba porque su amiga no apartaba la vista de un punto lejano que, por desgracia, quedaba fuera del alcance de los que esperaban abajo.

Silvana abrió la boca pero, aterrorizada como estaba, la voz se le quedó atascada en la garganta. Aguantó un poco más, pero al comprobar que aquel espectro que se deslizaba lentamente por la hierba de las lejanas colinas del aeropuerto se iba aproximando más y más a ella, ya no pudo más y, tras proferir un alarido, se precipitó escaleras abajo, dando empujones a la gente. Una vez en tierra, pasó por delante de sus compañeros como una exhalación y huyó despavorida, con los ojos desencajados como si estuviera viendo un fantasma.

Los chicos echaron a correr detrás de ella. Había que atraparla cuanto antes porque estaban llamando demasiado la atención. Ari abría la marcha en primer lugar, seguido de Aldo y de Elene que era, de hecho, la que más preocupada estaba, porque Silvana acababa de alcanzar la pista de aterrizaje y correr por allí, aunque los demás no fueran conscientes de ello, era muy peligroso.

Silvana volvía constantemente la cabeza hacia atrás, para controlar mejor la distancia exacta de su perseguidor.

—¡El cielo me persigue, me quiere castigar! —sollozaba mientras señalaba insistentemente algo a su espalda—. ¡La cruz! ¡La cruz!

Los ojos de Aldo y Ari se salieron de sus órbitas al volver la cabeza y descubrir la sombra de una cruz gigantesca que se precipitaba hacia ellos reptando por el suelo de la pista de aterrizaje como un demonio subterráneo. Gritaron horrorizados y corrieron aún más deprisa.

Y de repente, Elene entendió al fin lo que los otros veían, y gritó horrorizada.

—¡Quitaos de en medio ahora mismo! ¡No es una cruz, por el amor de Dios! ¡Es la sombra de ese avión que está a punto de aterrizar!

Ari y Aldo alzaron la cabeza justo cuando el morro de metal del gigantesco pájaro se les echaba encima, presto a reunirse con su sombra, distanciada de él por su vuelo. Silvana seguía corriendo, ajena a cualquier sonido que no fuera el de sus propios pasos huyendo. Ari la apartó de un empujón del tren de aterrizaje del avión que, en aquel mismo momento, tocaba tierra provocando un sonido ensordecedor. Las ruedas soltaron chispas de fuego y se fueron comiendo poco a poco la velocidad infernal de aquel gigante de acero.

Aldo y Elene llegaron poco después, jadeantes. Sus amigos, tras caer y rodar por la pista, yacían en el suelo, algo magullados.

—¿Estáis bien? —les preguntaron con la voz entrecortada por el esfuerzo.

Pero ninguno de los dos contestó. No estaban heridos, pero algo muy raro les pasaba. Silvana, que estaba de rodillas, no lograba reunir las fuerzas suficientes para levantarse. Las luces de la pista de aterrizaje, encendidas por la inminencia de la noche, creaban a su alrededor cuatro sombras. Una de ellas estaba arrodillada en el suelo, sollozando desesperada; otra se golpeaba a sí misma con una violencia inusitada; la tercera permanecía como ausente, y la última tenía los puños apretados y en alto. Ari logró ponerse en pie, pero se quedó allí, tambaleante y medio ausente, en el centro de sus cuatro sombras de caballo. Dos de ellas alzaban airadas sus patas delanteras mientras las otras dos cojeaban heridas.

—¡Rápido, Elene! ¡Ayúdame a sacarlos de aquí! —gritó Aldo, angustiado. Elene le miró tan desconcertada que la orden se volvió aún más imperante—. ¡Estamos justo en el medio de una encrucijada! ¡Hay sombras múltiples!

Pero Elene no entendía nada. Era cierto que estaban en el cruce de dos pistas de aterrizaje y que las luces existentes se combinaban entre sí, creando para cada uno cuatro sombras dispuestas en ángulo perfecto. Pero... ¿qué problema había con las luces múltiples? La sombra de Aldo y la suya, sometidas a la misma iluminación, proyectaban cuatro sombras idénticas y tranquilas.

—¡Ayúdame, Elene, por favor! —le urgió Aldo mientras intentaba en vano arrastrar aquellos dos bultos nada cooperantes fuera de allí—. ¡Debemos alejarles cuanto antes de esta división de sus sombras! ¡Hay demasiadas fuerzas contrapuestas en ellos que pueden destrozarles!

Y de repente, las sombras se descubrieron entre sí, y Elene entendió al fin lo que Aldo trataba de decirle. Perfectamente además. La sombra de Silvana, que se golpeaba a sí misma, empujó a la que permanecía como ausente, irritada por su pasividad. La sombra llorosa, al verlas, atemperó aún más el llanto, y la colérica amenazó a una de las sombras de Ari que osaba relinchar de malos modos. Aldo trató de separarles, pero con tan mala suerte que en el intento su sombra quedó en el medio de ambos. Cuando las sombras sulfuradas de Ari y Silvana descubrieron la sombra de Aldo, allí entre ambos, sin acabar de tomar partido por ninguno, Elene reaccionó. No tenía ninguna intención de comprobar hasta dónde podían los celos enfrentar a sus amigos. Agarró sin ningún miramiento el brazo de Ari para arrastrarle fuera de la pista, pero, de repente, oyó a su espalda:

—¡Quietos ahí!

Todos pegaron un respingo. Elene descubrió a uno de los vigilantes del aeropuerto apuntándoles con una pistola mientras observaba con incredulidad la docena de sombras que veía dispersas a su alrededor. Aldo y Elene se juntaron al instante para que las sombras se mezclaran y no se pudieran distinguir ninguna de las siluetas.

—¡¿Qué demonios creéis que estáis haciendo aquí?! —gritó el vigilante fuera de sí—. ¡¿No sabéis que está totalmente prohibido?!

Ante aquel tono hostil, Ari sintió que una cólera incontrolable dominaba todo su ser. Dio un paso al frente.

—Ari, no, cálmate, por favor... —murmuró Aldo, sujetándole del brazo.

—No le tengo miedo —masculló Ari, ceñudo.

Elene le susurró en tono nervioso:

—Ari, no, por Dios, no... Estate quieto. Eso que lleva en la mano es una pistola, un arco que lanza flechas invisibles. ¿Entiendes, Ari? Es un arma que escupe muerte a distancia.

Al escuchar las palabras de Elene, el rostro de Aldo se tornó lívido. Sus ojos se dirigieron a Silvana, que se levantaba ya del suelo profiriendo juramentos contra el intruso; luego, volvió a dirigirlos hacia el arma; se posaron de nuevo sobre su amigo que crispaba el puño con sus cuatro sombras ya iracundas y a punto de saltar; se citaron de nuevo con el dedo tembloroso del hombre que sostenía la muerte en sus manos y, sin pensárselo dos veces, actuó. Lo último que vio Ari fue el puño de Aldo estrellarse contra su cara.

Cuando Ari recuperó el conocimiento, estaban todos en una habitación gris, con rejas en su única ventana. Un hombre del Norte tecleaba música en una especie de piano diminuto que sonaba fatal. Alzaba frecuentemente la vista hacia un rectángulo de luz, y al mismo tiempo formulaba preguntas a Elene mientras seguía tocando sin parar. Quizá componía la letra de alguna canción. Descubrió entonces su uniforme, y se dio cuenta de que, en realidad, el pianista era un alguacil del Norte.

—¿Estás bien, Ari? —le preguntó Aldo, preocupado.

—No —gruñó Ari, levantándose del catre en el que estaba tumbado y quedándose allí, sentado y dolorido. Se le cayó la capa que sus amigos debían de haberle tendido para taparle, y la recogió, echándosela por encima como la manta de un náufrago.

—Descansa, chaval —dijo el alguacil—. Tu amigo te ha pegado una buena. Yo que tú, revisaría tus amistades... —añadió riendo.

Ari estuvo a punto de replicar: «A veces los del Sur nos cuidamos así», pero prefirió fruncir el ceño y callar. Lo último que le apetecía en aquel momento era bromear con un alguacil del Norte.

Los demás dejaron de prestarle atención y Ari se quedó allí, escuchando retazos de la conversación, con las sienes aún palpitándole. Por lo que oía, si en el Norte uno no reunía alguno de los requisitos del alguacil, se le encerraba en un tipo diferente de mazmorra:

un orfanato, un reformatorio o un manicomio. Y él no soportaba el encierro; no, no lo soportaba, pero aún estaba demasiado aturdido como para reaccionar.

Se fijó en Silvana, que en aquel momento taconeaba de una forma muy molesta para su lastimada cabeza. Su sombra se había calmado bastante, pero aún le hacía tamborilear uno de sus pies con ritmo delirante.

—Chiquilla, quizá sería bueno llamar un médico, no sé, un psiquiatra o algo así para que te diera algo que te tranquilizara —le sugirió el alguacil, exasperado por aquel ruido constante—. Me estás poniendo nervioso.

—¿Algo como qué? —preguntó Ari con brusquedad. Había aprendido a desconfiar de los adultos que te ofrecían algo para tranquilizarte cuando les molestabas—. ¿Qué es un psiquiatra?

El alguacil le miró sorprendido y Elene se apresuró a explicar:

—Ari, a veces las personas viven cosas terribles, experiencias que les dejan huella y los psiquiatras son curanderos que conocen pócimas para sanarlas y evitar que enloquezcan de dolor.

—¿Les dan brebajes para evitar que les duelan los demonios? —preguntó con incredulidad.

—Bueno, sí, eso es, más o menos...

Y Ari gruñó por toda respuesta. La única diferencia que veía con respecto a su mundo era que, en el Sur, los demonios eran externos, mientras que, en el Norte, los demonios, al parecer, eran tuyos, te los creabas tú solito mientras vivías y, luego, te incordiaban desde dentro el resto de tu vida.

Sonó el teléfono y los chicos del Sur pegaron un respingo, sobresaltados. El policía cogió el auricular y estuvo hablando un buen rato, al parecer con el tipo que los había detenido. Ari se acarició la frente dolorida. Tenía algo de sangre pegada aún en el pelo. Pero qué bruto era su amigo, por Dios. Lo último que oyó de la conversación del alguacil fueron sus risas diciendo: «Ojalá, chico, ojalá fueran medio caballos y medio árboles, porque así nos forraríamos con ellos.» Y sin dejar de reír, había colgado, aconsejándole que se fuera a descansar y se tomase el día libre.

El alguacil se remangó el puño de la camisa y se quedó contemplando con suma atención la pulsera que tenía en la muñeca. A Ari le sorprendió que un alguacil fuera tan coqueto como para quedarse, en medio de su trabajo, admirando extasiado una joya; pero su dolor de cabeza le hizo pensar de nuevo que, en el fondo, tampoco le importaba demasiado.

—Se ha acabado mi turno —dijo señalando la joya de la muñeca. Ari se preguntó si con aquel gesto les estaría intentando explicar que quería quedarse a solas con su joya—. Un colega llegará ahora mismo.

En cuanto apareció el compañero, un hombre joven de rostro agraciado e implacable, Ari y Aldo intercambiaron una mirada cómplice. Llevaba varios crucifijos en el cuello y una inscripción en la piel, «Cree en Jesús» y otra, «El fin del mundo está próximo, conviértete». Aquél era, sin duda, un hombre del Sur, vestido del Norte, sí, pero del Sur, al fin y al cabo. Y a aquel tipo de hombre ambos le entendían perfectamente.

—Creo que habéis sido muy malos y desobedientes... —dijo sonriendo con prepotencia mientras golpeaba rítmicamente con una porra la palma de su mano— y necesitáis un castigo que os ayude a aprender la lección.

Ari empezó a quejarse lastimeramente. Repetía que estaba mal, que le dolía mucho la cabeza, que la luz le atravesaba el cerebro, que si se podía apagar alguna. El hombre arrugó el entrecejo, pero al advertir la herida en la cabeza de aquel chico y no sabiendo aún si algún compañero se había excedido en sus atribuciones, prefirió no llamar una ambulancia y atender su sugerencia. Apagó una de las luces, la que estaba justo detrás de Ari.

—No, no, ésa no, esas otras, por favor.

—Pero si ésa es la más cercana a ti y, por tanto, la que más te puede molestar...

El hombre se encogió de hombros. Al fin y al cabo, la ley iba a cumplirse igualmente en la oscuridad. Así que apagó el resto de las luces, dejando únicamente encendida la que quedaba a espaldas del chico. Y en ese momento, Ari se subió al catre tan veloz como un espectro y con voz de ultratumba gritó, apuntando al hombre con un dedo acusador:

—¡¡AH, PECADOR!! ¡¡Arrepiéntete de tus pecados!! —Se quitó la capa y ante los ojos desorbitados del policía, la habitación se llenó con la silueta gigantesca de un caballo airado—. ¡Soy el caballo del primer jinete del Apocalipsis! ¡TU FIN ESTÁ CERCA!

—¡¡AH, PECADOR!! ¡¡Arrepiéntete de tus pecados!!... —gritó Aldo quitándose él también la capa y dejando que su sombra tomase ahora el protagonismo—. ¡Soy el árbol de la vida, el del bien y el del mal! ¡¡Sé lo que escondes en tu negro corazón y te mandaré al infierno para que las llamas te devoren por los siglos de los siglos!! ¡TU FIN ESTÁ CERCA!

El hombre, con los ojos casi salidos de las órbitas, cayó de rodillas, sollozando:

—No, no, Dios misericordioso y omnipotente, ¿qué he de hacer?, no quiero ir al infierno, no, no quiero...

—¡Pues permítenos salir de aquí y cumplir nuestro cometido! —gritó Ari—. ¡Tenemos un mensaje que dar a los pocos hombres justos que quedan en la Tierra!

—Sí, sí...

—¡Esconde tu cabeza, pecador, y humíllate ante el Señor, tu Dios! —declamó Aldo—. ¡Reza cien avemarías y cien padre nuestros!

El hombre empezó a recitar la letanía con temblorosa docilidad y ellos se apresuraron a salir de allí con lentitud primero para luego hacerlo con premura en cuanto pusieron el pie en la calle.

—¡Larguémonos de aquí! ¡Rápido! —gritó Aldo.

Los chicos corrieron por las calles y, cinco manzanas más lejos, entraron jadeantes en un taxi. Sus cuatro corazones latían acelerados temiendo que el conductor leyese en sus caras lo ocurrido. Todos suspiraron, aliviados, cuando el taxista se alejó de allí, hablando tranquilamente con un colega a través de la radio del coche. Elene le dio la dirección de la estación central de metro de la ciudad. Desde allí cogerían un metro al azar, entre las muchas líneas existentes y luego, otro que les acercaría más a su destino. Si les seguía la policía, toda precaución era poca.

—No iremos donde Bruno —decidió Ari de repente—. Nos dirigiremos directamente a Sákara. Si nos persiguen, quiero disponer de todo el mundo del Sur para escapar.

Y todos los demás estuvieron de acuerdo. Llegaron

muy tarde a la mansión. La verja estaba cerrada y tuvieron que aporrearla. Al final, ésta cedió y entraron escopetados en el jardín. Diagor les esperaba en la puerta, alarmado. Les condujo a su despacho y les hizo tomar asiento y contarle todo lo que había pasado. Luego, hizo una llamada; pero como nadie contestó, colgó.

—Quedaos hoy aquí a descansar —dijo—. Avisaré a Bruno de que vuestro vuelo se ha retrasado. Cuanto menos sepa, mejor.

Aquella noche les despertaron unos gritos airados en el vestíbulo. Habían sido acomodados en dos de las habitaciones de invitados de la Torre del Homenaje, que quedaban muy cerca de la entrada Norte. Se levantaron y sigilosamente se dirigieron al vestíbulo. Sus cabezas se ocultaron en cuanto reconocieron al policía que habían dejado rezando dos centenares de oraciones.

—Eran sus pupilos, estoy seguro —acusaba—. Llevaban la misma capa.

—Sí, ése es el uniforme reglamentario de mis internos. Pero eso no significa que todos los chavales que llevan capas sean alumnos míos. ¿Entiende la diferencia?

El policía ignoró el sarcasmo y preguntó:

—¿Puedo registrar este lugar?

—¿Es una petición o una orden? A ver, me explico... ¿Tiene una orden de registro o no?

El policía se calló y Diagor sonrió:

—Eso me temía. Pues entonces creo que podemos dar nuestra conversación por concluida. No me parecen horas para estar platicando con nadie.

El hombre le dirigió una mirada cargada de odio, pero no tuvo más remedio que largarse.

En cuanto se marchó, Diagor volvió la cabeza hacia

donde se encontraban los chicos. Sabía perfectamente que habían estado escuchando la conversación.

—No os preocupéis, tengo mis contactos. Mañana haré mis llamadas y podréis ir sin temor al encuentro de Bruno. Buenas noches.

Diagor se alejaba ya cuando oyó la voz de Elene a su espalda.

—¿Y no sería mejor que viniera Bruno aquí? —se atrevió a sugerir—. ¿No sería más seguro?

Diagor se volvió y negó con la cabeza. Miró a la chica y se fijó en el extraordinario buen estado de su sombra. El hecho de que Elene hubiera nacido bajo la sombra protectora de la luna había, sin duda, impedido que ésta se marchitara prematuramente como otras sombras sin dueño.

—No, Elene, lo siento pero no es posible. Desde que abandonasteis este lugar, Sákara ya no existe para vosotros y no podéis considerarlo un espacio real. Es simplemente una muralla, un lugar de paso entre el Norte y el Sur, una línea. —Los chicos le miraron perplejos y el señor del castillo les sonrió con tristeza—. ¿O creéis que la gente tiene casas de acogida entre su pasado y su presente?

15

Diagor les mostró un pasadizo que conducía desde el exterior de la puerta Norte hasta la zona industrial en la que vivía Bruno. El policía seguía rondando con su coche por los alrededores y Diagor prefería no arriesgarse. Les suministró unas linternas y se despidió de ellos, dedicándole una mirada más larga a Silvana pero abreviando lo más posible un adiós que ya se había producido antes. El túnel olía a humedad pero estaba en buen estado y no tardaron en vislumbrar la luz de la salida. Llegaron a un callejón que reconocieron enseguida. Estaba muy cerca de su destino.

Bruno, ignorante de todo lo sucedido, les esperaba en la puerta de su casa con una sonrisa de oreja a oreja. Cogió la mano de Elene y, tras conducirla al salón, la paseó encantado por delante de la luz.

—Vaya, tu sombra está increíblemente bien dadas las circunstancias —dijo con aire entendido—. Buenos reflejos, buen color...

Elene sonrió. Desde el reencuentro sonreía mucho más, casi por todo. Al principio estaba tan pendiente de su sombra que le costaba comportarse como los demás y sentarse encima de ella o pisarla cuando la luz quedaba a su espalda, pero ahora ya se había acostumbrado a su compañía y eran como uña y carne.

—Muy bien. Creo que es el momento de contaros algo sobre las sombras. Seguro que después de visitar el hospital de Diagor no seguís pensando que una sombra es tan sólo el obstáculo que la luz encuentra en su camino. Una sombra es mucho más que eso, es un reflejo de vuestro propio ser —explicó mientras les hacía un gesto para que tomasen asiento—. Hay sombras de colores que delatan el anhelo de sus dueños de tener una vida con más sabor; otras que se enrollan o les hacen tropezar como muestra de sus inseguridades; algunas que se pelean entre ellas como reflejo de sus conflictos interiores; otras que no están de acuerdo con sus propietarios y se quedan rezagadas... Las enfermedades del alma tienen su reflejo en el estado de la sombra que la acompaña. —Suspiró y miró a Silvana—. Ha llegado tu turno, chiquilla. Tu sombra está enferma y sólo tú puedes curarla.

Silvana se quedó en silencio. Eso mismo le había dicho Diagor el día antes de su partida. Recordaba perfectamente la pregunta que debía contestarse: «¿Qué razones pueden llevar a una sombra a torturar al ser que le da la vida?» Era evidente que una sombra necesitaba a su propietario y que, por encima de sus malentendidos y conflictos, le era fiel hasta la muerte. ¿Qué le había pasado, pues, a su sombra para que se llevara tan mal con ella?

Después de cenar, se pusieron sus antiguas ropas del Sur y se despidieron de su anfitrión. En esta ocasión,

Bruno no les había dado instrucciones; tan sólo les había aconsejado que siguieran su instinto, así que Silvana, a falta de otras ideas, se dispuso a regresar, tras una ausencia de siete años, al pueblo en el que había nacido.

Amparados por la oscuridad, atravesaron la mansión Sákara y se dirigieron a la puerta Sur. Aunque Ari presintió que les observaban, no se volvió; sabía perfectamente quién les contemplaba con tristeza desde la Torre del Homenaje. ¿Acabaría él también sus días como Diagor? ¿Desterrado, sin familia, robando miradas de su hija desde el mirador de una torre; asediado de remordimientos por haber desafiado al tiempo y arruinado la vida de las personas que más quería? Mientras seguía en silencio los pasos de sus compañeros, pateó con más fuerza, con más rabia la tierra que pisaba. Deseaba castigarla por ser del lado del Sur; por querer quedarse a Aldo y obligarle a actuar como un loco.

A medida que avanzaban por el camino del bosque, otros muchos senderos se abrían paso entre la abundante vegetación y se cruzaban con el suyo. Algunos estaban prácticamente invadidos por la maleza y sus contornos apenas se intuían; otros se veían interrumpidos por troncos cruzados o piedras despeñadas. Era el Bosque de las Sombras del que Bruno les había hablado largamente durante la velada anterior. Según el mapa que les había mostrado, cada uno de aquellos senderos era un atajo que conducía a un país o a una época diferente y que acortaba considerablemente el recorrido. Las leyendas hablaban de que había sido un regalo que el tiempo había concedido a Sákara para permitir que los habitantes del mundo del Sur, cuyos medios de transporte eran tan precarios, tuvieran acceso a la fortaleza y pudieran sanar también sus sombras enfermas.

Los lobos aullaban en la oscuridad y Aldo propuso pararse y hacer una hoguera. Tras colocar las mantas alrededor del fuego, se dispusieron a pasar allí la noche. Los animales acechaban en la oscuridad y Elene, asustada, se aproximó más a Ari. El muchacho sonrió. Su amiga no estaba acostumbrada a aquellos animales salvajes; en el Norte casi habían acabado con todos ellos.

Antes de dormir, Ari sintió la mirada de Aldo sobre su perfil pero no se la devolvió. Al contrario, se arrebujó en su manta y le dio la espalda.

Los días pasaban lentamente. Hacía tiempo que habían salido del Bosque de las Sombras y empezaban a ser conscientes de lo mucho que se tardaba en llegar a los sitios. En el mundo del Sur, el hombre todavía no había aprendido a navegar por el cielo, ni a comerse la vegetación con tiras de asfalto, ni a adentrarse en el mar con edificios flotantes. El hombre del Sur era pequeño, muy pequeño, y su mundo, grande, muy grande.

Elene guardaba silencio para no ofender a sus amigos del Sur, pero cada vez tenía más claro que aquel mundo sobrepasaba con mucho su capacidad de aguante. Los bosques estaban repletos de animales salvajes y las ciudades tenían bonitas catedrales y castillos, pero el mal olor y la suciedad de sus gentes le resultaba insoportable.

—¿No te parece precioso este mundo? —le preguntó Ari un día que pararon junto a una pradera rebosante de flores y mariposas—. No está domesticado por el hombre como el del Norte.

Elene suspiró. Los paisajes eran, sin duda, hermosos, muy hermosos, pero la vegetación era de tal exuberancia que la mayoría de ellos carecía de accesos.

—Sí, Ari, pero para pasear por él hace falta ser explorador —objetó con ironía.

Pero su amigo estaba tan orgulloso del Sur que ni siquiera la escuchaba.

—Respira hondo —le invitó Ari con los pulmones henchidos de aquel aire del Sur—. ¿No es mucho mejor esto que el aire contaminado del Norte?

—Sí, cuando huele bien sí.

Y Ari guardaba silencio hasta que volvía a tener una nueva oportunidad de ensalzar su mundo. Cuando entraron en una ciudad y, pese a serles desconocida, encontraron enseguida una posada donde pasar la noche y tiendas en las que abastecerse de víveres, Ari le había sonreído con suficiencia.

—¿Ves? El mundo aquí es más sencillo —decía satisfecho—. Nadie maneja aparatos raros, ni vuela por el aire con pájaros de metal, ni mete demonios en cajas de luz. Todo es comprensible.

—Lo que no se comprende, Ari, se puede aprender —le replicó Elene—. Aquí nadie sabe nada y lo malo es que nadie quiere saber nada tampoco. Aquí todo lo que no se entiende tiene un origen divino o demoníaco. Ninguna respuesta está al alcance del hombre.

Ari no pudo evitar bajar la cabeza y callar. Aquello era cierto. Había comprobado en su propia piel lo ignorante y supersticiosa que podía ser la gente del Sur.

—Pero este mundo es más sencillo, Elene —murmuró sin tanta energía ya—. Vas a una ciudad y sabes quién es quién. No es como en el Norte.

—Ari, en este mundo si naces siervo, mueres siervo.

En el mundo del Norte, el origen marca mucho pero puedes escapar de él. Además, existen leyes que, a veces, no se cumplen pero que existen. Las personas no se quedan a merced de los caprichos de un noble que jamás es castigado por sus desmanes con los pobres. —Se calló y, tras mirar con fijeza a su amigo, suspiró—. Ari, entiendo que ames el mundo en el que creciste pero... ¿no lo estás idealizando demasiado?

Y Ari había fruncido el ceño y se había alejado sin contestar. No le gustaba nada que Elene no viera el Sur con los mismos ojos que él.

16

El décimo día, Aldo y Ari estaban en la orilla del río, intentando pescar algo, cuando oyeron el estruendo de unos gritos masculinos. Les bastó un instante para comprender lo que pasaba. El sonido procedía de la pradera en la que habían dejado a las chicas recogiendo frutos silvestres. De un salto salieron del agua y, sin pensárselo dos veces, se dirigieron a todo correr hacia allí. A pesar de su ímpetu, avanzaban con dificultad entre la maleza porque era mediodía y, si querían evitar que los rayos del sol les alcanzasen, debían sujetarse sus capas errantes al mismo tiempo que corrían.

Enseguida divisaron a las chicas. Cada una estaba en un extremo de la pradera, con su cesta de frutos todavía en las manos. Se las veía desconcertadas; aunque habían escuchado el griterío, sólo ahora descubrían a aquellos soldados andrajosos que se acababan de internar en la pradera y se dirigían hacia ellas como una horda de salvajes. Aldo y Ari enseguida los reconocieron: los habían visto acampados cerca del pueblo por el que acababan de pasar. Ninguno sabía qué hacer contra aquellos hombres armados pero ambos, sin dudarlo, acudieron en auxilio de sus amigas. Cada uno echó a correr hacia un extremo diferente de la pradera. Aldo se ajustó más la capa errante pero Ari, al ver que no llegaba a tiempo, se desprendió de ella al vuelo. El sol cayó sobre él y se sintió exultante. Cruzó la pradera a galope tendido y, justo cuando los soldados estaban a punto de atrapar a Elene, se interpuso en su camino. La chica saltó sobre su lomo y, al sentir el cuerpo de la muchacha abrazado a su cuello, su corazón se desbocó junto con sus patas.

Los ojos castaños de Ari buscaron entonces a Aldo y a Silvana. Los localizó enseguida, corriendo cogidos de la mano y seguidos a pocos pasos por dos de los soldados. Se lanzó sin dudar en pos de ellos. Si los alcanzaban antes que él, no tendría ninguna posibilidad de salvarlos. Pero los soldados sólo tenían piernas, no patas de pura sangre como él, y los alcanzó justo a tiempo. Aldo y Silvana saltaron sobre su grupa y se agarraron a Elene. Al sentir los tres pares de piernas de sus amigos sobre su lomo, Ari se sintió pletórico, rebosante de felicidad. El peso era abrumador, pero el sol caía de lleno sobre él y se sentía capaz de todo.

Estaba ya ganando terreno a los soldados, cuando la capa de Aldo se enganchó con un arbusto de la pradera y se quedó atrás. El cuerpo de su amigo se deslizó desde su lomo como un bloque rígido. Ni siquiera tuvo que mirar atrás para saber lo que pasaba. Aldo se acababa de convertir en árbol y ya no podría seguirles. Al no tener piernas para apartarse de nuevo de la luz, sus raíces le mantendrían prisionero de aquella tierra hasta que el sol dejara de caer sobre él con la fuerza del mediodía. Pero no podía volver todavía a ayudarle. Sólo tenía catorce años y los soldados eran cuatro hombres armados. Antes de acudir en su auxilio, debía poner a salvo a las chicas. Así que siguió galopando campo a través, con el corazón latiéndole desbocado. Tenía que llegar cuanto antes al bosque. Allí, Elene y Silvana podrían esconderse.

Al darse cuenta de lo que el muchacho pretendía, Silvana gritó:

—¡Ari, da la vuelta, rápido! ¡Acaban de encender una antorcha junto a Aldo!

Ari se estremeció. Aquellos despreciables y supersticiosos soldados debían de creer que su amigo estaba poseído por los demonios y por eso habían decidido quemarlo. Sintió que la ira le rugía en las entrañas. Hizo un gesto con la cabeza para indicar a las chicas que se bajaran y se refugiaran en el bosque, pero se encontró con la mirada firme de Elene.

—Iremos todos juntos, Ari. ¡Da la vuelta!

Ari ni siquiera lo pensó; no tenía tiempo. Se revolvió bruscamente sobre sí mismo y empezó a caracolear hasta que consiguió que las chicas, a pesar de su férrea resistencia, se desprendieran de su cuerpo. Luego, volvió sobre su grupa y galopó como una centella por la soleada pradera, presto a embestir a los soldados. Al llegar allí, se encabritó sobre sus dos patas traseras y empezó a golpear con las delanteras al hombre que blandía la antorcha. ¡Nadie iba a quemar a su amigo! ¡Si para ello tenía que matarles, lo haría sin vacilar! El soldado, que todavía estaba en pie, sacó un garrote y le golpeó el lomo varias veces. Ari gimió de dolor pero consiguió sobreponerse y siguió luchando hasta que una patada en las ancas le derribó. Aturdido por el golpe, vio entonces cómo los dos soldados restantes se aproximaban con hachas y antorchas hacia ellos y sintió que una intensa cólera le nublaba la razón. ¡A su amigo nadie le iba a talar, nadie iba a incendiarlo! Se estaba ya incorporando de nuevo cuando Silvana pasó como un ciclón delante de él y se lanzó como una posesa sobre ellos. Le arrebató la espada al soldado caído y arremetió como una fiera contra el resto. La rabia le daba una agilidad y una fuerza sobrehumanas. Ari la observaba con la boca abierta, incapaz de creerse lo que veía. La luz del mediodía había convertido a Silvana en una guerrera formidable. Toda la energía de su sombra se había concentrado en defender a Aldo y ni un ejército entero hubiera podido con ella en aquel momento. Los soldados, asustados de que una muchacha de catorce años pudiera luchar así, se escaparon dando traspiés mientras se santiguaban y maldecían a las brujas y demonios que les estaban atacando.

Silvana, al comprobar que los asaltantes huían, dejó resbalar la espada al suelo y se dejó caer de rodillas, llorando, abrazada al tronco del árbol que había defendido. A pesar de los intentos de Elene por consolarla y moverla de aquel sitio, Silvana siguió allí, sollozando, hasta que las nubes aparecieron y aquel abrazo de árbol se convirtió en el de Aldo. La chica aún no había dejado de llorar cuando el muchacho, todavía entumecido por la transformación, le acarició suavemente la cabeza.

—Cálmate, Silvana. Ya estoy aquí.

—Mi madre murió delante de mí, Aldo. No pude ayudarla, no pude —gimoteaba. El efecto de la luz del mediodía sobre ella había sido demoledor porque el encuentro con su sombra le había traído consigo el recuerdo de su pasado.

Aldo no sabía qué decir, cómo consolarla; así que simplemente la dejó hablar.

—Ella iba en busca de papá... Yo estornudé, yo la maté... Hace tanto tiempo y, sin embargo, parece hoy mismo... La maté, Aldo, la maté.

—Eras casi un bebé, Silvana. No te atormentes.

—No pude...

Aldo tomó su cara con ambas manos, la obligó a mirarle y le dijo en voz muy baja:

—Silvana, deja descansar a tu sombra. Sólo desea paz.

Y ella lloró aún más. Aldo la abrazó y la chica se aferró a él como si se estuviera ahogando y aquélla fuera su única tabla de salvación. Ni siquiera se separaron cuando el sueño reparador acudió en su ayuda y les regaló algo de descanso.

Cuando al caer la noche, Ari les trajo una manta para cubrirles, les contempló silenciosamente y supo que, a veces, era la vida y no el tiempo quien acababa separando a los amigos de la infancia.

SILVANA

En el mismo momento en que caí llorando al suelo supe quién era mi padre. Mi madre siempre llevaba consigo una pequeña imagen de él y me la solía enseñar cuando estaba alegre. Tras su muerte borré ese recuerdo, lo mismo que todo lo demás.

Mi madre, al ver que los días pasaban y mi padre no regresaba, creyó enloquecer y, a pesar de lo peligroso que era, salió en su busca. Muchos familiares le advirtieron que aquello era una imprudencia; los soldados de aquellos tiempos, al igual que los que nos atacaron en la pradera, eran malas bestias y cuando estaban desocupados, entre guerra y guerra, solían perseguir a las mujeres que iban solas y las raptaban o se aprovechaban de ellas. Pero mi madre no se avenía a razones; sólo repetía que a su marido algo muy grave tenía que haberle ocurrido para no regresar y que, tal vez, la necesitase.

Así que un día me despertó muy temprano y me dijo que mi padre nos estaba esperando al otro lado de una grieta y que íbamos a encontrarnos con él. Yo la escuché con la mirada ilusionada del niño al que se le promete aquello que más desea en el mundo.

Recuerdo que estábamos en el bosque cuando escuchamos las voces de los soldados que nos seguían. El rostro de mamá perdió el color y me hizo una señal para que me callara. Pero yo estornudé y sellé con ello nuestro destino. Los soldados me oyeron y nos empezaron a perseguir. Mamá me llevaba en brazos y no podía correr tanto como ellos. Tampoco conocía bien aquel terreno y por eso no supo ver el precipicio que había al final de los árboles. Mamá murió allí mismo. Se despeñó por mi culpa y, sin embargo, no quiso llevarme con ella; antes de caer, se las arregló para soltarme. Los soldados llegaron y, al ver lo que habían provocado, se sintieron algo incómodos pero enseguida se repusieron y lo olvidaron. Uno de ellos, que se sentía un poco más culpable que el resto, me recogió y, tras preguntar en el pueblo cercano, averiguó el nombre de la familia de la que procedía y me llevó a donde mis tíos. Allí crecí sin ilusión por nada. Por las noches seguía viendo el rostro de mi madre, pero el sueño siempre se convertía en pesadilla cuando su imagen se rasgaba al escuchar de nuevo mi estornudo. Me odiaba tanto que, cuando me quedaba a solas, aprovechaba para golpearme a mí misma como si quisiera castigarme por lo que había hecho. Me repetía una y otra vez que era un monstruo, que era mi madre la que debería haber vivido y no yo. Caí enferma y la tos casi acabó conmigo pero no por la enfermedad, sino porque su sonido me traía aquel recuerdo maldito y me quitaba las ganas de luchar por una vida que no creía merecer.

Mi familia, asustada por mis reacciones, me ordenó

que olvidara lo que había pasado y yo intenté hacerlo. Una parte de mí lo consiguió, pero otra, la que se quedó oculta en el seno de mi sombra, se ocupaba de recordármelo constantemente. Cada vez que quería hacer un nuevo amigo o pasármelo bien, ella me lo impedía y me hacía ver lo indigna que era de disfrutar de la vida. Tuve que recibir el abrazo de Aldo para darme cuenta de que no era ella la que me martirizaba; que era yo misma la que jamás la había dejado vivir en paz. Mi pobre sombra había encontrado en la sombra del muchacho árbol un lugar donde se sentía protegida, a salvo de mí. Porque ella me conocía bien y sabía que Aldo sería la última persona a quien yo haría daño.

Le conté a Aldo todo lo que me había pasado y él me escuchó con aquel aire grave tan suyo y tan inusual en un chico de catorce años.

—Somos amigos, Silvana. Yo te cuidaré, pero deja ya de empujar a tu sombra a que te castigue. Es tu deseo de hacerte daño lo que la obliga a hacer lo que hace.

Y entonces supe que Aldo estaría siempre a mi lado. No sabía si como amigo, como hermano o como algo más, pero sí que ya nunca nadie nos separaría.

17

Aldo se acercó a Ari cuando todos dormían en la casa de Bruno. Habían llegado tarde, sin avisar, y se habían encontrado con que el dueño no estaba en la casa. Un sirviente les había arreglado dos habitaciones y, tras acomodarlos, se había retirado.

Ari se había metido en silencio en la cama y había dado la espalda a Aldo.

—Ari... ¿qué te pasa? Hace mucho que me rehuyes.

Ari ni siquiera se volvió para contestar.

—Es mejor así. Tú mismo lo has dicho; nuestros caminos ya están trazados, no podemos hacer nada. Mejor que nos vayamos haciendo a la idea de lo que nos espera.

Aldo se quedó en silencio. No era propio de su amigo hablar así.

—Ésas no son palabras que salgan de tu corazón. Son palabras mías.

—Las palabras no pertenecen a nadie, Aldo.

—Queda poco para que nos separemos.

—Estarás bien acompañado. No me echarás de menos.

Aldo suspiró. Conocía lo suficiente a su amigo para saber lo dolido que estaba.

—El hecho de que acepte mi destino no significa que me haga feliz ni que me resulte fácil.

—Pues lo disimulas muy bien —dijo Ari arrebuján-dose entre las sábanas—. Venga, Aldo, durmamos. Mañana nos espera un largo día.

—Ari... —Pero no continuó. Se quedó en silencio, absorto en la espalda del amigo cuyo rostro no podía ver. Cuando éste se quedó dormido, le arropó y se metió en la cama donde estuvo despierto el resto de la noche. Estaba preocupado por Ari. Su amigo no aguantaría mucho más tiempo reprimiendo sus auténticos sentimientos, los del caballo que vivía en su interior. Las leyes naturales también tenían sus reglas.

Al día siguiente se levantaron temprano. Bruno les esperaba en la cocina con el desayuno preparado. Mientras tomaba una taza de café, dirigió una mirada a los dos chicos del Sur y dijo:

—Sólo quedáis vosotros dos, así que deberemos echar a suertes vuestro turno. No hay diferencias de riesgo entre ambos.

Estaba a punto de lanzar una moneda al aire, cuando Aldo le paró la mano.

—Deseo ser yo el último.

Bruno le miró sorprendido, pero enseguida reaccionó.

—Muy bien, no veo por qué no.

—Pues yo sí —intervino Ari, contrariado—. ¿Y si quisiera ser yo el último?

—Pues deberías haberte adelantado y haberlo pedido antes —repuso Bruno—. En lo que a mí respecta, acepto la propuesta de Aldo.

Ari frunció el ceño. No le gustaba que su amigo siguiera cuidándole. Así que, enfurruñado, se levantó de la mesa y se fue al salón. Poco después llegaban el resto de sus compañeros y él, irritado por no tener un sitio donde poder estar solo, se levantó del sillón en el que estaba sentado y se dirigió a la ventana para, desde allí, contemplar aquellos coches que no le importaban en absoluto.

Bruno le miró de reojo y, tras mover negativamente la cabeza varias veces, tomó su inseparable carpeta negra y la abrió encima de la mesa del salón.

—Mis informadores me han contado una historia muy triste acerca de tu familia, Ari. ¿Quieres acercarte y escucharla?

Si no hubiera sido porque necesitaba saber la verdad sobre sus orígenes, Ari se hubiera negado en redondo. Estaba harto de todas aquellas personas que, repentinamente, parecían estar tan interesadas en su vida. Sin relajar el ceño, se acercó a regañadientes y se sentó junto a los demás.

—Naciste en el mundo del Norte, pero tu madre era del Sur, del pueblo en el que viviste los siete primeros años de tu vida. Tu abuelo era mozo de cuadras del conde, por lo que, desde niña, tu madre tuvo acceso a los mejores caballos de la comarca. Era tan sólo una adolescente cuando nació aquel potrillo de pelo color canela que le robó el corazón. Se llamaba *Fugaz*. Era un alazán hermoso, más veloz que el viento, que pronto se convirtió en el favorito del conde. Había algo especial en aquel caballo que entendía las palabras de los hombres, todos lo decían. Incluso su forma de mirar tenía algo humano. A tu madre y a *Fugaz* siempre se les veía juntos y la gente bromeaba con tu abuelo y le decía que su hija se había enamorado de un caballo. Pero tu abuelo era un buen hombre y sonreía ante las burlas. También él amaba los caballos.

Bruno calló un momento. Aquella historia le parecía tan hermosa y tan triste a la vez que, a veces, las palabras se le atascaban en la garganta.

—Pero tu madre también tenía ojos para los muchachos y se enamoró de un músico, un joven del que nadie sabía nada porque procedía del mundo del Norte. Aquel joven con el que acabó casándose, era tu padre, Ari, y dicen que era un soñador que siempre andaba inventándose historias y canciones. Fueron muy felices hasta que, de pronto, estalló la guerra. Los nobles estaban alegres. Iban a demostrar lo valientes que eran, iban a luchar; a conquistar nuevas tierras y a hacerse ricos. Pero en el pueblo, la gente lloraba porque la guerra, para los pobres, sólo significaba que iban a perder lo poco que tenían y que tal vez ni siquiera pudieran mantener con vida a los suyos. Tu madre estaba ya embarazada de ti y tu padre decidió escapar de la violencia; por experiencia sabía que nada bueno podía esperarse de una guerra, precisamente él había llegado al Sur huyendo de una contienda del Norte. Así que hicieron el equipaje y se fueron a dormir; al día siguiente partirían y empezarían una nueva vida en otro lugar. —Bruno profirió un largo suspiro—. Desgraciadamente, no pudo ser así.

»El día en que se declaró la guerra, *Fugaz* estaba en

los establos y, desde allí, oyó los gritos salvajes de los soldados riendo y brindando por la guerra y sus futuras conquistas. El caballo sintió que su alegría habitual se esfumaba. Él no quería ir a la guerra, no quería servir de montura para matar, no quería morir. Pero no se trataba de cobardía, Ari; lo que le ocurría a *Fugaz* era que no entendía a los hombres, no sabía por qué tenían que despedazarse habiendo tan buenos prados, bosques tan hermosos y ríos tan refrescantes. Así que, amparándose en la oscuridad de la noche, se escapó de su cuadra y se allegó a la cabaña donde vivían tus padres. Tu madre era su mejor amiga, la única persona en la que podía confiar; ella, sin duda, le ayudaría. Tu madre, aunque le faltaba apenas un mes para dar a luz, no pudo desoír la angustia de sus relinchos. *Fugaz* era un caballo que no soportaba ver sufrir a nadie y, si le obligaban a ir a la guerra, moriría de pena. Necesitaba su ayuda.

»Tu madre se incorporó con dificultad de la cama, miró a tu padre, le dio un beso y salió. Tenía un plan. Desde pequeña había oído hablar de un cañón que partía en dos las montañas, la Garganta del Diablo la llamaban. No sabía que era una grieta del tiempo, pero presentía que por allí *Fugaz* podría escapar o, al menos, esconderse temporalmente. Antes del amanecer, ella estaría de vuelta y nadie sospecharía que había participado en la desaparición del caballo. Tardaron una hora en llegar allí y cruzar al otro lado. El niño que llevaba en su vientre, sin embargo, decidió nacer antes de tiempo y lo hizo en el lugar equivocado, aquel al que no pertenecía. El animal, al encontrarse ante aquel niño, el hijo de la persona que más quería, lo adoptó e intercambió su sombra con él. Era su manera de protegerle. El caballo lamió al recién nacido mientras la mujer se iba reponiendo del parto. Había sido un alumbramiento complicado y tardaría aún varios días en recuperarse. *Fugaz*, mientras tanto, paseaba por el lado Norte buscando un sitio donde todos pudieran vivir. Pero cuanto más andaba, más cuenta se daba de que aquél no era su lugar, que habían llegado a unas tierras en las que no se podía vivir, que necesitaba sus campos y sus riachuelos, que aquel lugar era demasiado gris y a lo lejos resonaban los mismos tambores de guerra.

»Cuando tu madre regresó al Sur, era ya demasiado tarde; la desgracia había caído sobre su familia. En el mismo momento en que tu madre cruzó la grieta y desafió al tiempo, los hombres del conde mataron a tu padre y a tu abuelo porque en el lado Sur los hombres son responsables de los actos de sus esposas y de sus hijas. Cuando tu madre regresó a lomos del animal, llevándote en brazos, y se enteró de lo sucedido, no pudo soportar el peso de tanta culpa y, frágil como estaba, enfermó y murió. Así quedaste en manos de tu abuela, una mujer buena pero débil, que se casó con un hombre que no la merecía y que no supo defenderte en el momento que más lo necesitabas.

Bruno calló. Notaba que, a medida que escuchaba el relato, Ari se iba replegando más y más dentro de sí mismo hasta convertir su rostro en una máscara impenetrable.

Le miró, esperando alguna pregunta, pero no la obtuvo. El muchacho permanecía indiferente a todo lo que tuviera que ver con él mismo. Al final, tuvo que ser Aldo quien preguntara en lugar de su amigo:

—¿Y qué debemos hacer?

—Regresar al pueblo donde Ari nació y buscar en el bosque cercano un caballo que tenga su sombra. Dicen que *Fugaz* se quedó por allí, cerca de donde había vivido la madre de Ari.

—Pero cómo...

—Ari lo reconocerá. Es un animal muy humano.

Ari alzó los ojos. Estaban encendidos de ira.

—¡Yo no volveré jamás a ese lugar!

Tanto Elene como Silvana le miraron, sorprendidas. Ninguna de ellas conocía su historia ni sabía lo que había ocurrido. El muchacho, al contrario que los demás, había sido, desde el principio, muy reservado con todo lo que se refería a su familia y al día en que le atraparon.

Aldo se acercó a él y le puso su mano en el hombro en señal de apoyo.

—Esta vez nosotros te acompañaremos, Ari. No debes temer nada.

Ari frunció aún más el ceño.

—Es necesario que encuentres ese animal —insistió su amigo—. De lo contrario, nunca podrás vivir tranquilo.

Las miradas de todos se posaron tan insistentemente en él que Ari se sintió acorralado y acabó estallando.

—¡¿Queréis ir?! ¡Pues bien, iremos! —gritó, preso de la rabia—. ¡Venga, vamos! ¿A qué demonios esperáis?

De mal humor, Ari cogió su capa y, sin esperar a nadie, salió al mundo del Norte, atravesó Sákara a grandes zancadas sin saludar a nadie y, tras salir por la puerta Sur, que durante aquellas diez semanas seguiría abierta para él, se adentró en el bosque. Unos chicos del pueblo vecino se cruzaron con él, pero cuando hicieron además de volverse para seguirle, el muchacho se quitó la capa y se encaró con ellos. En cuanto vieron su sombra de caballo encabritado y sus ojos encendidos y retadores, huyeron espantados.

Aldo, al ver de lejos lo que hacía su amigo, echó a correr hacia él y le puso de nuevo la capa.

—¿Estás loco, Ari? ¿Qué quieres, que te maten?

Ari le dedicó una sonrisa amarga y, con un brusco tirón, se desasió de sus manos y se alejó de él y del resto del grupo. No soportaba la presencia de nadie.

Durante el día prefería caminar a cierta distancia de sus amigos y, por la noche, aunque aceptaba reunirse con ellos alrededor de la hoguera, todos se mantenían bastante silenciosos. Ninguno sabía cómo actuar. Todo parecía molestarle. Ni siquiera Aldo, que siempre había sabido cómo tratarle, encontraba la manera de acercarse a él.

—¿Por qué no confías ya en mí, Ari?

Pero Ari no le contestaba. El sitio al que menos le apetecía ir era precisamente aquel al que iba y no podía hacer nada por evitarlo.

Elene tampoco sabía qué hacer con Ari; no encontraba la manera de llegar a él ni a su tristeza. Una noche le despertaron los movimientos inquietos de su amigo mientras éste intentaba inútilmente conciliar el sueño. Aguardó un buen rato y, finalmente, cuando Ari profirió una maldición y se incorporó, ya harto de dar vueltas, se atrevió a romper el silencio.

—Todavía no te he dado las gracias por salvarme de los soldados.

Ari se encogió de hombros y echó malhumorado un nuevo trozo de madera a la hoguera. Aldo y Silvana estaban lejos. Ambos eran muy calurosos y les gustaba dormir a cierta distancia del fuego.

—Tampoco te las he dado por ayudarme en Japón.

Ari alzó sus ojos castaños y los posó en ella.

—¿Qué quieres, Elene?

—Ayudarte.

—Nadie puede —dijo—. ¿Recuerdas aquello que me contaste una vez, aquello de luchar contra los imposibles? Pues eso es lo que pasa. Ocurrió algo hace tiempo que ya no tiene vuelta atrás.

—¿Y no me lo podrías contar?

Ari resopló con incredulidad.

—Lo quieras o no, soy tu amiga, Ari.

—No necesito amigos.

Elene miró a Aldo y calló un momento. Era obvio que Ari había dirigido aquella respuesta más a su amigo que a ella misma. Se mordió los labios mientras dudaba si hablar o mantener el silencio. Finalmente suspiró y optó por las palabras.

—¿Qué mal te ha hecho Aldo, Ari?

Ari clavó sus pupilas en ella.

—Métete en tus asuntos, Elene.

—No, no lo voy a hacer. Sería mucho más cómodo para mí decirme «Cállate, Elene, éste no es tu problema», pero te aprecio, Ari, y por eso vas a escuchar lo que tengo que decirte. No puedes soportar separarte de tu mejor amigo y te duele tanto que quieres hacerle sentir mal, quieres que no encuentre ni siquiera en Silvana una fuente de consuelo. Pues bien, Ari, sigue así si quieres, renuncia a los nuevos amigos, pierde a los antiguos, vuelve al sitio donde te dañaron tan carente de afectos como saliste, confírmales que tenían razón, que a nadie le importabas entonces y a nadie le importas ahora.

Ari se levantó indignado. La ira no le cabía en el pecho. Estaba fuera de sí. Pegó una patada a los troncos apilados para avivar la hoguera y, luego, cogió uno de ellos con la mano y lo arrojó violentamente lejos de él. Y, de repente, se reconoció tanto en los gestos agresivos de su mal llamado abuelo que, avergonzado, se alejó de allí corriendo.

Elene intentó seguirle, pero la maleza era demasiado tupida y la noche, demasiado oscura. Preocupada por que las bestias nocturnas pudieran cebarse en su amigo, empezó a llamarle a voces; unas veces pidiéndole perdón; otras, tan sólo que regresase.

Aldo se incorporó de un salto, alarmado por los gritos. Dirigió una mirada interrogante a Elene, pero ésta, en vez de contestarle, rompió a llorar. Cuando Aldo comprobó que no había ninguna amenaza y que todo tenía que ver con el impetuoso carácter de su amigo, se sentó junto al fuego y preparó un caldo caliente para que Elene se calmara. Entre sorbo y sorbo, la chica acabó contándole lo sucedido, y Aldo suspiró.

—No te preocupes por él. Tiene el genio muy vivo. Cuando se calme, ya regresará —dijo mientras volvía a colocar cerca del fuego las maderas que la ira de Ari había lanzado lejos de allí—. No se lo tengas demasiado en cuenta, Elene. Ari no es como tú ni como yo. Tiene un corazón desbocado que no le deja descansar.

—Sí, el de un caballo salvaje —suspiró.

Aldo sonrió tristemente.

—Esta vez no hablaba de su sombra.

Y Elene calló porque sabía que aquello seguramente tenía que ver con el pasado que Ari se negaba a compartir con nadie.

—No sabes lo que me tranquiliza que mi amigo te tenga allí en el otro lado.

Elene sonrió y le dio un beso a Aldo, antes de retirarse a dormir. Jamás había conocido a dos amigos más diferentes.

La mañana siguiente, Ari apareció de nuevo. Tras recoger bruscamente sus cosas, echó a andar sin dirigir la palabra a nadie. Aquella noche llegaron a su pueblo y acamparon en las afueras.

Ari apenas pudo comer nada aquella noche. La carne seca que llevaban entre las provisiones se le quedaba atragantada en la garganta y se negaba a ser engullida. Sus compañeros le miraban preocupados sin saber qué hacer. La recuperación de las sombras de las chicas había sido más sencilla porque, al menos, ellas sí que se habían dejado ayudar.

Elene intentó hablar con él de nuevo, pero Ari se levantó y se alejó de todos. Aldo fue tras él.

—¿Por qué no la dejas ser tu amiga, Ari?

Ari le dirigió una mirada de odio.

—¿Qué te pasa, Aldo, qué quieres, que yo también tenga una amiguita para no sentirte culpable? ¡Vete al infierno!

Aldo suspiró.

—Yo no me siento culpable, Ari. No estoy haciendo nada malo. No te he traicionado, no te he abandonado.

Ari sintió una punzada de dolor en el pecho y gritó:

—¡¿Queréis dejarme todos en paz de una vez?!

El eco de su voz se extendió por todo el bosque como el quejido de un animal herido. Elene vio regresar a Aldo, solo y apesadumbrado. El muchacho se acuclilló junto a la hoguera y se quedó contemplando en silencio las lenguas de fuego. Movía los palos y las ramas mecánicamente, absorto en sus pensamientos.

—Le duele demasiado la separación, Aldo —dijo Elene agachándose para colocar una nueva rama en el fuego—. Te quiere mucho.

—Lo sé —sonrió Aldo con tristeza—. Pero me rompe el corazón verle así. Dentro de nada se quedará solo en ese mundo que no siente como suyo y yo ya no podré insistir para que se levante cada día y encuentre algo por lo que vivir. Ha cambiado mucho en estas semanas, Elene. Antes era alegre, vital, bromeaba con todo...

—Hay muchas formas de no escuchar el dolor, Aldo. Una de ellas es escondiéndolo tras las risas —suspiró. Desvió la mirada hacia la vegetación y, tras acariciar el brazo de Aldo, se adentró por el hueco de maleza por el que había desaparecido Ari. Tras andar un buen rato le encontró debajo de un árbol. Se sentó a su lado y permaneció allí horas y horas junto a él, sin decir nada.

Al amanecer, el muchacho ya no pudo más y lloró por los bosques del Sur que ya nunca más vería, por el amigo que quedaba atrás, por la madre que le había abandonado por la amistad con un caballo, por el daño que le habían hecho... Y en aquella soledad, unas manos consolaron su dolor y se preocuparon por él.

—Llora, Ari, llora. La lluvia limpia el aire.

Y llegó, la lluvia llegó y el aire, efectivamente, se volvió más claro y transparente.

ARI

Aquella mañana fue la primera, después de siete años, que lloré. Ni siquiera me dio tiempo de reprimir las lágrimas; fue una avalancha que me sorprendió desde dentro sin previo aviso. No tenía ganas de vivir y mi cuerpo se lamentaba de que mi alma le quisiera tan poco.

Elene estaba a mi lado, así que intenté hacerme el fuerte y resistir el dolor, pero no pude. La tristeza me zarandeó y como un mar agitado me meció de un lado a otro, del pasado al presente, y me hizo creer que en el horizonte no había luz para mí.

Enseguida, sentí el abrazo de Elene y sus manos acariciando mi pelo, y cuanto más percibía su afecto, más arreciaban las lágrimas y más fuerte sentía el dolor. Era como si mi cuerpo supiera que esta vez se podía desahogar, que aunque quedase maltrecho de alma, alguien estaría allí para curarle las heridas.

Me sorprendí contándole todo lo que había pasado aquel día terrible, y lo hice llamando por primera vez a las cosas por su nombre: uno de los ancianos me había pegado una patada; mi abuelo había estado a punto de matarme pero se había contentado con escupirme; mi abuela no se había atrevido a darme agua; las cuerdas que me ataban durante las dos semanas que pasé en el carro me habían dejado cicatrices para siempre... Las palabras salían con dolor, pero salían. Antes de aquello, mi falso abuelo me solía pegar a menudo, cada vez que volvía del bar del pueblo. Me decía que me merecía los golpes porque yo era malo, un ser demoníaco como mi madre, y la abuela siempre le dejaba hacer, ella sólo se permitía abrazarme a escondidas como si el afecto fuera vergonzoso...

Hablé y hablé hasta que, por fin, callé. Elene entonces me dio un beso en la mejilla y me dijo:

—Gracias.

«Gracias», repetí yo también, pero sólo para mí. Ella, sin embargo, pareció oírlo porque sonrió. A menudo nos entendíamos sin palabras. Nuestras miradas se mezclaron; la cara de su sombra se sumergió en las crines de la mía. Jamás me había sentido así, tan arropado. La sensación era diferente que con Aldo. Con él me sentía pequeño, más niño de lo que era. Era como el hermano que nunca había tenido, el que sabías que nunca te abandonaría, que siempre estaría a tu lado. Con Elene, aunque sólo tenía catorce años, me sentí diferente, me sentí mayor. Y por primera vez me planteé que si me escapaba al mundo del Sur no la vería jamás y me di cuenta de que tampoco podría soportarlo.

A la mañana siguiente nos acercamos al pueblo. Yo llevaba puesta la capa errante y nadie parecía reconocerme. Había pasado por el mundo del Sur sin dejar demasiada huella de mi paso. Sentí en mi mano la de

Elene y le sonreí. Luego, vi que Aldo se acercaba y me ponía su fuerte mano en el hombro, y también le sonreí. Silvana, a quien no había hecho ningún esfuerzo por conocer, se acercó a mí y me dedicó, algo tímidamente, una sonrisa solidaria. Era una sonrisa muy bonita, una sonrisa que me apetecía que Aldo viera en sus momentos difíciles, cuando yo no estuviera a su lado y no pudiera hacerle reír. Mi amigo era muy serio y necesitaba en su vida a alguien que le sonriera así. Apreté más la mano de Elene, le di un codazo amistoso a Aldo y le tendí la mano libre a Silvana como signo de paz. En aquel momento fui consciente de que, quizás, en muy poco tiempo nos despediríamos para siempre y decidí olvidar las implacables leyes del tiempo y, sobre todo, la resignación de Aldo.

Nos acercamos a la casa del que nunca fue mi abuelo y, al descubrir la cabaña sucia y destartalada, supe que mi abuela había muerto y me entristecí. Aun a escondidas y con miedo, me había querido a su manera. También ella había sufrido mucho, había perdido un marido bueno, una hija, un nieto y el único consuelo que había tenido de su nuevo marido habían sido los golpes que le propinaba diariamente. Me acordé de los cuentos que me narraba cuando era niño, aquellos que me hablaban del mar de su infancia, de su propia felicidad, y decidí quedarme con aquel recuerdo de ella. Me fui a un prado, cogí cuatro ramitos de flores silvestres y me acerqué al cementerio. Encontré pronto la lápida de mi abuela y deposité en ella uno de los ramilletes. La de mi padre estaba cerca y le dejé otro. También le dejé uno a mi abuelo, el verdadero. La cuarta tumba, aun estando fuera del camposanto, como las de todos los ladrones de caballos, supe enseguida dónde se encontraba.

Me acerqué lentamente al lugar. Una cruz blanca destacaba sobre la hierba verde. Pero no era eso lo que yo había visto. Lo que me había hecho acercarme era un caballo de color canela y ojos castaños que clavaba su mirada en una tumba: la tumba de mi madre. Sus pupilas brillaban. Me acerqué a él y no se alejó. Puse el ramito de flores junto a la cruz y me incorporé. El animal se acercó a mí y yo, entonces, le abracé. Sentí un escalofrío al percibir el calor, la lealtad de aquel animal. Allí estaba, al cabo de los años, rindiendo homenaje a una amistad.

—Gracias por cuidarla, *Fugaz*.

Cuando se fue, vi cómo el sol incidía en él y se llevaba consigo la sombra que me había acompañado durante catorce años. A mis pies quedaba una sombra perpleja que no sabía qué hacer con un ser que se parecía tanto a ella.

18

Los muchachos atravesaron el puente levadizo mientras aún repiqueteaban las campanas de la catedral anunciando el toque de queda. El conde de aquella zona, el mismo que había ajusticiado al padre y al abuelo de Ari, era belicoso y ordenaba el cierre nocturno de las puertas de la ciudad para evitar ataques sorpresa de sus enemigos. Se encaminaban hacia una de las posadas cuando se vieron rodeados por una muchedumbre que apuntaba insistentemente con sus brazos hacia el cielo y repetía, entre lamentos y gritos de espanto, que aquello era, sin duda, una señal divina y que el fin del mundo estaba próximo.

Los muchachos alzaron la vista y descubrieron la causa de tanto pavor. La luna, engullida por la noche, desaparecía gradualmente del firmamento, dejando a los humanos sumidos en las tinieblas.

—¿Qué está pasando? —preguntó Silvana, asustada.

—Es un eclipse de luna —explicó Elene con tranquilidad—. La tierra, al ser iluminada por el sol, proyecta su sombra sobre la luna.

—¿Como cuando tú naciste? —recordó Ari.

Elene sonrió.

—No exactamente, Ari. Yo nací con la sombra de la luna sobre la tierra; no con la sombra de la tierra sobre la luna.

Y Ari parpadeó varias veces seguidas, sin entender nada. Aquella sombra sobre la luna, además, parecía redonda y todo el mundo sabía que la tierra era plana.

—Alejémonos de aquí —sugirió Aldo señalando una calle poco transitada. La llama de la locura empezaba a prender en demasiados pechos y aquello era muy peligroso en el mundo del Sur.

Aún sonaba recio el crepitar del gentío a su espalda cuando, al doblar la esquina, se detuvieron en seco, impactados por lo que veían.

—¡Oh, no, Dios santo, no!... —exclamaron todos a la vez.

Dos adultos, un hombre y una mujer, zarandeaban sin miramientos a un niño pequeño. Pero aquello no era lo alarmante; el Sur no solía ser delicado en el trato. Lo realmente preocupante era lo que ocurría con la sombra del niño, pues, mientras los padres discutían, el niño miraba alternativamente a uno y otro, y su sombra se encendía y se apagaba al mismo ritmo que el movimiento de sus ojos, pasando del blanco al negro, de la luz a la oscuridad, como si estuviera pestañeando. Y cuanto más gritaban los padres y más se acusaban mutuamente de las rarezas de su hijo, más reaccionaba su sombra y con más brío palpitaba. Porque eso era, precisamente, lo que ocurría: ¡la sombra de aquel niño palpitaba! Y lo hacía destellando al mismo ritmo que el latido de su corazón.

—Si le descubren, le van a quemar vivo —sentenció Silvana—. Hay que sacarle cuanto antes de aquí.

Y, de repente, el estruendo de unos pasos resonando en el silencio de la noche les hizo volverse a todos. Por uno de los extremos de la calle se aproximaba una cuadrilla de hombres, armados con palos y horquillas. Portaban antorchas de fuego y ostentaban la mirada fiera y recelosa de quien acaba de ver en el cielo algo que no entiende y busca un culpable en la tierra. El padre, alarmado, intentó cubrir con su cuerpo el defecto de su hijo; pero el brillo, incluso detrás de él, seguía delatándole. Aldo atravesó en dos zancadas la calle y abrió su capa. El niño se metió corriendo en ella. En su fuero interno, algo le decía que aquél era un lugar seguro. Al llegar a su altura, los hombres les dirigieron torvas miradas pero pasaron de largo, sin prestarles demasiada atención. Al fin y al cabo, eran sólo un puñado de críos con sus padres.

Cuando la horda desapareció de su vista, todos exhalaron un profundo suspiro de alivio. La madre abrazó a su hijo, llorando. El padre relajó la tensión de su rostro. Pero el peligro no había pasado. El niño seguía parpadeando en la negrura de la noche como una bombilla a punto de fundirse. Y como su corazón no podía dejar de latir, tampoco había forma de ocultarle en ninguna parte.

Silvana se acercó a los padres y les explicó atropelladamente adónde debían llevar a su hijo para salvarle; cómo debían caminar por la noche o en días nublados para evitar que nadie les viera; que el señor de Sákara les recibiría bien, sobre todo, si le decían que iban de parte de ella. Los padres escuchaban, pero movían la cabeza, recelosos; nadie en aquella región confiaría su hijo a un noble. Así que se marcharon de allí apresuradamente, tirando de la mano al niño luciérnaga, que se dejaba arrastrar pero con la cara aún vuelta hacia los muchachos.

Aldo suspiró y, tras detectar la presencia de nuevas patrullas, cada vez más hostiles y vociferantes, propuso que se marcharan lo antes posible a la posada. Los ánimos de la gente estaban demasiado alterados debido a sus miedos y supersticiones.

Iban adentrándose por pasajes cada vez menos alumbrados y siniestros cuando una anciana de ojos lechosos surgió de repente de la oscuridad, se paró ante Elene y le susurró con voz de profecía:

—Muchacha, aléjate de este lugar lo antes posible. Esta noche es peligrosa para ti. La sombra de la tierra oscurece el poder de la luna y te deja sin el amparo de su protección. Los ladrones de sombras andan buscándote.

Elene sintió un pálpito en el pecho. Dirigió una mirada nerviosa a la luna. Apenas quedaba un borde blanco de luz por cubrir, apenas una miaja del escudo protector del que hablaba la anciana.

—Durante esta hora de tinieblas, la sombra de la tierra camina hacia la luna y arrastra con ella a todas las sombras que moran en su superficie. Y las sombras nuevas —rumoreó mirando con intensidad a Ari y a Elene— no saben agarrarse a sus dueños con la misma maña que las viejas. Escapad antes de que sea demasiado tarde —repitió alejándose de allí a paso lento.

La anciana desapareció en la oscuridad y todos se miraron entre sí, sin saber qué pensar. Estaban un poco asustados.

—¿Qué habrá querido decir con eso de los ladrones de sombras? —preguntó Ari—. ¿Para qué demonios querría nadie una sombra que no es suya?

—Ari —le contestó Elene casi sin voz—. ¿Sabes lo que una persona sería capaz de hacer por recuperar su sombra? Quien roba una sombra, se apropia al mismo tiempo de la voluntad de la persona a la que pertenece. No imagino mayor forma de poder.

Y Ari se sonrojó hasta las orejas. Otra vez había metido la pata. ¿Cómo había podido olvidar que precisamente su amiga era una de aquellas personas cuya sombra había sido robada?

Aún flotaban en el aire el eco de las palabras de la sibila cuando algo empezó a urdirse sobre sus cabezas. En el cielo de su callejón, un callejón apenas iluminado por una antorcha de fuego, se estaban tejiendo las sombras de una red gigantesca. Tras ella, unos ojos refulgían, sin color alguno, hundidos tan sólo en su propia negrura.

—¡Los ladrones de sombras! —gritaron aterrorizados, echando a correr hacia la salida. Pero pronto se dieron cuenta de que había algo extraño en los dos únicos callejones por los que podían escapar. Uno estaba completamente iluminado, con una luz que parecía casi sobrenatural, mientras el otro permanecía totalmente a oscuras, como el vientre de una ballena. El contraste entre uno y otro era estremecedor, antinatural.

Ari agarró impetuosamente la antorcha del callejón y se adentró, sin titubear, por el callejón oscuro. Pero allí el fuego no lograba subsistir. Era como si el aire estuviera viciado, sin oxígeno suficiente para mantener viva la llama. Y la luz del otro callejón era tan intensa que casi dañaba la vista. Como el resplandor de un relámpago.

Aldo y Ari intercambiaron una mirada. Aquello era, sin duda, una trampa. La cuestión era descubrir de qué tipo.

—Ari, quédate aquí y vigila la única luz que tenemos —dijo Aldo señalando la antorcha que su amigo sostenía en la mano—. Voy a ver si descubro algo —añadió mientras se introducía lentamente, paso a paso, en el callejón de luz blanca, seguido a corta distancia por Silvana, dispuesta a impedir por todos los medios que aquel resplandor se tragase a Aldo para siempre.

Elene dirigió una última mirada hacia la luna. La esfera estaba ya negra y no quedaba rastro alguno de su blancura de luna llena. La sombra de la tierra se acababa de apropiar totalmente de su poder luminoso. Fue entonces cuando empezó a sentirse mal y se apoyó en la pared. Algo le estaba pasando y no sabía muy bien de qué se trataba. Era como si unas manos tirasen de ella hacia el cielo. Sólo al descubrir su sombra proyectada en la pared entendió lo que ocurría. Su sombra, desprendida casi por completo del suelo, flameaba como una sábana a punto de salir volando. Tan sólo su mano seguía aún ligada a ella.

—¡Ayúdame, Ari! —solloró aterrorizada, cuando sintió que la mano de su sombra se le iba escurriendo lentamente de entre sus dedos—. ¡Se me escapa! ¡No la puedo retener conmigo!

Ari se volvió, aturdido. Miró a Elene, y se quedó sobrecogido al ver su sombra, cabeza abajo, con los pies enfilados hacia el cielo, como si estuvieran siendo succionados por la luna, y tan cerca del tejado, que los brazos de los ladrones de sombras culebreaban como zarpas en su intento de atraparlos. Se abalanzó sobre Elene e intentó agarrar su sombra. Pero no había forma; sus manos la traspasaban continuamente, como solía sucederles a los vivos cuando intentaban atrapar los fantasmas de los muertos.

Buscó nervioso algo alrededor. No sabía qué hacer.

—¡Apagaré la antorcha! —dijo con resolución, lanzándose sobre el único fuego del que dependían todas las sombras de aquel callejón. Si los ladrones no veían la sombra de su amiga, tampoco podrían capturarla. Quizás así podría escapar.

Pero el grito desgarrador de Elene le detuvo en seco.

—No, no, Ari, no... —suplicó llorando—. A mi sombra le asusta la oscuridad. Tiene que ver mi mano para saber que no la estoy abandonando. Se lo prometí, ¿recuerdas? —susurró con voz temblorosa—. Se lo prometí.

Y Ari la miró impotente. No podía suprimir la sombra ni tampoco sujetarla. Y él no tenía la seguridad de Aldo. De hecho, su propia sombra era tan nueva que, por momentos, notaba que también se le despegaba del suelo, arrastrada por la imparable sombra de la tierra. Y, mientras tanto, aquellos espectros sobre sus cabezas, vigilando codiciosos el movimiento de sus sombras y prestos a soltar sus redes en cuanto éstas perdieran su último asidero.

—¡Iré a buscar a Aldo! —gritó, de repente, más animoso—. ¡Él sabrá qué hacer! ¡Su sombra tiene raíces! ¡Seguro que podrás sujetarte a él!

Pero justo al volverse para correr en su busca, se

topó de bruces con el cuerpo de su amigo. Ari no pudo siquiera abrir la boca. Antes de decir nada, Aldo le tenía ya sujeto de los hombros.

—¡Ari, por el amor de Dios! ¿Qué estás haciendo? ¡Eres tú, no yo, quien ha de ayudarla! ¡Es tu amiga! ¡Te necesita a ti, no a mí! —Ari le miraba tan perplejo que Aldo le zarandeó sin compasión, como si quisiera arrancarle de su lasitud—. ¿Sabes lo que le pasará a Elene si le arrebatan su sombra? ¡Morirá! ¿Vas a cruzarte de brazos mientras tanto? —Ari tragó saliva y negó, como ido, con la cabeza—. Pues entonces, ¡defiéndela!, ¡agárrate con uñas y dientes a la tierra para que ni la luna pueda llevársela! ¡Pelea por ella, Ari! ¡Ahora tienes una sombra humana! ¡Ahora tienes brazos, no cascos en las extremidades!

La voz fue tan apremiante que Ari se volvió y, sin pensarlo dos veces, la abrazó. Su sombra y la de Elene, asustadas como estaban, se aferraron inmediatamente la una a la otra, enredadas en un abrazo al que ninguna de ellas estaba acostumbrada. Ni la sombra que había pasado toda su vida a los pies de un caballo, ni la que había languidecido pegada a un muro sabían cómo deshacer aquel nudo de brazos ni mucho menos entendían de dónde procedía aquella fuerza, aquel calor tan humano, tan a ras del suelo. Aturdidas como estaban, no eran siquiera capaces de prestar atención a la llamada imperante de la luna. Había demasiadas cosas en la Tierra que las retenían, demasiadas sensaciones nuevas. Aquel abrazo era como un ancla que les impedía ir a la deriva.

Tras unos minutos que parecieron eternos, la luna empezó a brillar de nuevo, y Elene percibió cómo la sensación de tirantez desaparecía gradualmente y su sombra regresaba al suelo y se juntaba de nuevo con sus pies.

—¿Estáis bien? —preguntaron Aldo y Silvana a la vez.

Ambos se separaron al instante, ruborizados. A pesar de la presencia de sus amigos, había habido un momento en que se habían sentido los únicos seres sobre la faz de la tierra.

—Ha sido terrorífico, Elene —confesó Silvana aún afectada—. Miraba tu sombra y me estremecía. Parecía tan frágil como una silueta de papel luchando por no ser arrastrada por un huracán.

—Y la tuya —dijo Aldo a su amigo—. Parecía un avión a punto de despegar.

Ari le escuchó perplejo; pendiente como estaba de la sombra de Elene, no había sido muy consciente del estado en que se encontraba la suya.

—¿Intentamos escapar por alguno de los callejones? —preguntó finalmente, dirigiéndose sin dudar hacia la salida. Aquel techo repleto de ojos le estaba poniendo muy nervioso.

Aldo suspiró y le siguió con gesto paciente.

—Me temo que no es posible salir por aquí, Ari —le indicó al llegar junto a él—. Estos callejones sólo tienen una cosa en común y es que en ninguno de ellos se pueden formar sombras. En uno por exceso de oscuridad, y en el otro por exceso de luz. Atravesarlos supondría perder por un momento el rastro de nuestras sombras.

Colgó la antorcha de fuego en el soporte de la pared y se puso en cuclillas entre ambos callejones.

—No sé adónde van las sombras cuando no están con nosotros. Siempre me imaginé, no sé por qué, que se metían en algún lugar situado en el interior de cada uno. Pero parece que no es así. Fijaos —dijo señalando el empedrado a sus pies—, aquí los ladrones han colocado la red de sombras a ras del suelo, así que me imagino que, cuando no hay suficiente luz o, por el contrario, hay demasiada, las sombras se separan de ti y caminan por algún paso subterráneo hasta que vuelven a reunirse contigo.

Todos se quedaron pensativos al escucharle.

—¿Y por qué a vosotros no os hicieron nada? —replicó Ari al recordar que tanto su amigo como Silvana habían entrado ya en el callejón.

Aldo se incorporó y sonrió.

—A mí no me pueden robar mi sombra, Ari. No soy su auténtico dueño. Pero obsérvalos —dijo alzando sus ojos hacia los ladrones de sombras—. Acechan, vigilan, preparan redes, ponen trampas, pero no atacan. Es como si no pudieran arrebatarnos las sombras a la fuerza, como si sólo pudieran capturarlas si éstas se separan de nosotros por cualquier motivo.

Elene entonces preguntó:

—¿Y la tuya, Silvana? ¿Por qué no te la robaron a ti? Tú sí que eres su dueña.

—Lo intentaron —respondió sonriendo—. Pero no tuvieron demasiado éxito a la hora de convencerla. Ya sabéis que no le gustan los extraños.

Aldo sonrió también. Silvana tenía una sombra con ideas propias y mucho carácter. Desvió su mirada hacia Ari y Elene y, tras un instante de reflexión, dijo:

—En cambio, vosotros dos sois blancos perfectos. No sólo sois los auténticos dueños de vuestras sombras, sino que encima son tan nuevas que aún no las controláis. —Echó una mirada general a ambos callejones y negó de nuevo con la cabeza—. Creo que todavía no podemos arriesgarnos a que vuestras sombras se separen de vosotros ni un solo instante. Aguantaremos aquí.

Y, de repente, como si se tratara de un acto de represalia por las temerarias palabras de Aldo, los ladrones de sombras lanzaron una tromba de agua sobre la única antorcha encendida del callejón. Elene ahogó un gemido de terror, y Aldo se precipitó a todo correr hacia la luz. Si los ladrones de sombras lograban apagar el fuego, la oscuridad del callejón permitiría capturar las sombras de sus amigos. Intentó cubrir el fuego con su capa pero, desgraciadamente, la humedad extinguía igualmente la llama. Desesperados ante aquella lluvia que iba sumiendo en tinieblas el callejón, se miraban unos a otros sin saber qué hacer, cuando oyeron a lo lejos una voz infantil.

—¿Aldo? ¿Silvana? —Y luego, unos pasos que corrían, *plap, plap, plap*, paraban y de nuevo volvían a trotar, *plap, plap, plap*—. ¡Aldo! ¡Silvana!

Y, de repente, vieron llegar corriendo por el callejón oscuro, el del aire viciado, al niño luciérnaga, que con el corazón desbocado por la carrera y su propio miedo creaba a cada latido, a cada paso, una luz tan intensa que anulaba cualquier efecto que los ladrones de sombras hubieran podido crear en el callejón. Era como un cometa dejando a su paso una estela de luz en el firmamento.

Cuando llegó, Tom, que así se llamaba el niño, les contó atropelladamente que sus vecinos habían asaltado su casa y que sus padres le habían ayudado a escapar por una de las ventanas de la cocina. Desde entonces andaba buscándoles por el lado desierto de la ciudad. Quería pedirles que le llevaran con ellos a Sákara.

Aldo asintió, risueño, mientras tomaba las manos de Elene y las posaba con suavidad en los hombros del niño, como si fuera su lazarillo.

—Ya tienes una antorcha, Elene —dijo satisfecho—. Pero tú, chaval, no creas que ya está todo hecho, eh, que esto sigue siendo muy, pero que muy peligroso.

Y el niño, tras poner cara de espanto, aceleró aún más el ritmo de su corazón y con ello la intensidad de la luz del callejón por el que pensaban escapar.

19

El día siguiente amaneció soleado. Ari le prestó su capa a Tom para que éste pudiera ocultar su sombra mientras durara el viaje. Le quedaba muy larga, pero Silvana pudo arreglársela y adaptarla a su estatura. El niño se alegró mucho de tener una capa como la de Aldo; sin embargo, Silvana le recordó que debería entregársela al señor de Sákara en cuanto llegaran.

Mientras caminaba, Ari no podía apartar la vista de la espalda de Aldo; iba delante, con la mano apoyada en el hombro de Tom, que trotaba a su lado, seguro y confiado. Su amigo, una vez más, volvía a hacerse cargo de una sombra desamparada, suspiró preocupado. A veces, no podía soportar la idea de dejarle allí, en el Sur; tan a merced de la intolerancia de las gentes. Aún se estremecía al recordar el brillo siniestro en los ojos de los hombres que la noche anterior, afortunadamente, habían pasado de largo por sus vidas.

Al atardecer acamparon cerca de un lago. No podían arriesgarse a entrar con Tom en otra ciudad. Hicieron un fuego y, cansados del viaje, se quedaron en seguida dormidos, mecidos por el calor y el silencio de la noche.

Ari se despertó sobresaltado. Estaba sudando. Acababa de soñar que un Aldo moribundo le llamaba desde el otro lado de un espejo y, que al intentar llegar a él, la superficie esmerilada se interponía entre ambos, haciendo imposible el encuentro. Se secó las lágrimas de impotencia que había vertido mientras aporreaba el espejo, en su vano intento de ayudarle. Se inclinó sobre su amigo, dormido a su lado, y comprobó, aliviado, su respiración acompasada. Aldo, afortunadamente, seguía vivo, aunque fuera en aquel mundo del Sur.

Se quitó la camisa y se secó con ella el pecho y la espalda. Había sido un sueño horrible. Un sueño que reflejaba que se acercaba el momento de las decisiones y que él aún no tenía nada claro. Decidió andar un rato y despejarse. Mientras caminaba bajo las estrellas, bañado de luz de luna, su mirada no se apartaba de su propia sombra, tan nueva y tan extremadamente sensible a todo. Si su sombra rozaba el fuego, era su cuerpo quien sentía el ardor; si alguien la pisaba, era como si a él mismo le pateasen; si su silueta atravesaba una pradera, era su propia piel la que se estremecía ante la caricia de la hierba. Era como si, de alguna manera, aquella sombra aún no estuviera encallecida por el uso diario; como si los brazos de aquella nueva sombra le hiciesen sentir lo humano más a flor de piel.

Divisó el brillo plateado del lago. Estaba precioso con sus dos lunas. La real y su reflejo. Se acercó a la orilla y dejó que su sombra penetrase en el agua. En cuanto sintió el contacto, suspiró aliviado. Su noche febril necesitaba de aquel frescor para paliar la intensidad de su angustia.

Con el rabillo del ojo distinguió una presencia muy cerca de él. Agudizó sus sentidos pero se relajó enseguida al reconocer a Elene en la orilla del lago. Hacía cosas extrañas. Daba un paso adelante y otro atrás, y luego, otra vez, uno adelante y otro atrás. Sonrió al comprender. Elene jugaba con su sombra y la metía y sacaba del agua experimentando sensaciones. Su sombra era también muy nueva para ella.

Se le acercó sigilosamente por detrás, con sus brazos enredados entre sí, en un intento de dibujar para ella la sombra de un cisne en el agua. Elene pegó un respingo al verle, pero enseguida entró en el juego. Se fijó en la posición de las manos de Ari y ella misma creó su propia figura. En aquel momento dejaron de existir ellos mismos para convertirse en dos cisnes, dos sombras de cisne que flotaban felices en el centro de aquel reverberar de destellos plateados de luna; con sus alargados cuellos componiendo arabescos y minuetos; con sus picos rondándose constantemente, perdidos en ensoñaciones hasta que, de repente, sus sombras se rozaron y ambos se separaron al instante, sobresaltados por el contacto. Ninguno se atrevió a mirarse directamente. Ambos conocían demasiado bien la extrema sensibilidad de sus respectivas sombras.

Elene avanzó un paso hacia el lago y su sombra apareció entera en el agua. Ari se apresuró a imitarla, pero su zancada fue menor. No se atrevía a ponerse a su misma altura y correr el riesgo de que sus propios cuerpos se interceptasen. Aquella amistad no era como la de Aldo; aquella amistad estaba hecha de otro material.

La sombra de Elene se puso de perfil y Ari, con la cabeza aún ladeada hacia el agua, acarició la cara de ella con la sombra de su brazo. Se conmovió al percibir la suavidad de su rostro pero, al mismo tiempo, se sintió frustrado. Su sombra, invocada por la difusa luz de la luna, era tan tenue que lo que percibía a través de ella no se ajustaba, en absoluto, al desbocado latir de su corazón. Aun así, la llamada de aquel rostro de agua era tan insistente que el perfil de su sombra se fue inclinando lentamente, poco a poco hacia ella, hasta que, de repente, la intensidad de lo vivido le hizo estremecerse. Y es que, preocupado como estaba con aproximar la sombra de su boca a la de Elene, no se había dado cuenta de que era su boca real la que se acababa de juntar con la de ella. Se apartó asustado, pero cuando sus ojos se encontraron con los de Elene, se olvidó de la negrura de las sombras y se perdió en el color: en el gris azulado de sus ojos, en el dorado de su pelo, en el rojo de su boca.

Aquella noche, Ari soñó de nuevo que Aldo le llamaba desde el otro lado de un espejo y que, al intentar llegar a él, la superficie de cristal se interponía entre ambos, haciendo imposible el encuentro. Estaba a punto de despertarse cuando la mano de Elene entró en su sueño y se posó sobre la suya, la que estaba allí, impotente, pegada al cristal. Su espíritu se calmó y siguió retenido en el sueño, mecido por la sonrisa serena de Aldo cuya palma estaba pegada a la suya desde dentro del espejo, y la mano de Elene allí, sobre la suya, pero en su mismo lado.

ELENE

En el mundo del que procedo, una piensa que el primer beso lo recibirá seguramente tras una cita o en una fiesta. Jamás pensé que sería después de un baño de sombras a la luz de la luna y en un mundo que ni siquiera existía para mí.

Ninguno de nuestros cuerpos se tocaba, sólo las sombras, y eso nos daba una cierta sensación de impunidad. Nada parecía real y, sin embargo, se podía jugar a que lo era.

Le vi acercarse a mí de perfil, como ausente, con la mirada fija en el agua, adelantando y haciendo retroceder su cuerpo, en su vano intento de oscurecer su sombra y que ésta reflejase mejor lo que sentíamos. Lo que no advertía, perdido como estaba en sus sombras del Sur, era que mientras él iba buscando el beso con mi sombra, estábamos ya exactamente a la misma altura él y yo, a la distancia perfecta. Y es que por mucho que él anduviera pendiente de su sombra, yo no le perdía de vista a él. Quería que ese beso le llegara desde el Norte, desde el lugar al que yo pertenecía, al que también él pertenecía. Y cuando buscando la proximidad de mi boca en el agua, nuestros labios se mezclaron el uno con el otro, Ari me miró a los ojos y yo supe que todo su ser se había venido conmigo hasta el futuro al mismo tiempo que sus labios.

20

—¡Mira, Tom! —exclamó Silvana señalando un punto lejano del bosque—. ¡Sákara!

El niño alzó el cuello y, al divisar las almenas de la torre central que sobresalían por encima de las copas de los árboles, sonrió con tanta amplitud que las comisuras de los labios a punto estuvieron de salírsele de la cara.

—¿Ahí estaré a salvo? —preguntó por enésima vez.

—Por supuesto —respondió Silvana, por enésima vez también.

Todos miraron risueños a Tom. Le iban a echar de menos. Aquella sombra les despertaba una tremenda ternura. Tanto si escuchaba un cuento que le gustaba, como si tenía miedo o se sentía orgulloso por algo, su sombra respondía lanzando a los cuatro vientos ráfagas de tristeza o de felicidad. Todo lo que sentía se dividía a partes iguales entre su sombra y su corazón.

Estaba ya avanzada la noche cuando llegaron a la pista que desembocaba directamente en la puerta Sur de la fortaleza. Un carro les adelantó, pero se detuvo poco después. El conductor saltó desde el pescante y se dirigió hacia Aldo y Ari con aire resuelto.

—¡Ciro! —exclamaron ambos, lanzándose hacia él.

El instructor sonrió a sus pupilos, les dio sonoras palmadas en la espalda y se fijó, sobre todo, en la nueva sombra de Ari.

—No hay derecho —dijo arrugando el ceño—. Vaya trabajo el mío. Justo cuando mis muchachos se vuelven tratables, dejan de ser mis pupilos.

Aldo se echó a reír con ganas. Las trifulcas entre Ari y el instructor habían sido memorables. No había sido nada fácil integrar la indómita sombra de *Fugaz* en el mundo de los humanos.

La mirada de Ciro se posó en Tom y alzó las cejas con gesto interrogante. Sus pupilos se apresuraron a explicarle la historia del niño. Ciro le quitó la capa y lo examinó con ojos asombrados. Tom debía de estar muy excitado porque no paraba de lanzar destellos a diestro y siniestro.

—¡Un niño corazón! —exclamó Ciro sin poder contenerse—. Diagor no se lo va a creer. ¡Hace más de dos siglos que no entra ninguno en Sákara! No logran sobrevivir.

—Sí, supongo que resultan un poco evidentes —comentó Silvana, sonriendo.

—Es más que eso —apuntó Ciro—. Su sombra no reacciona ante la luz externa. Es la luz que brilla dentro de él la que provoca su sombra. No hay manera de ocultarle ni de día ni de noche. Ha tenido una suerte inmensa al encontraros.

—Nosotros también a él —dijo Aldo sonriendo—. Sin Tom, no sé si hubiéramos sobrevivido en el Sur.

Y el niño se sintió tan ufano al escuchar el reconocimiento de su adorado Aldo que empezó a centellear como una lentejuela.

—¡Uff, quieto, quieto, que me estás mareando!... —dijo Ciro riendo y echándole la capa por encima. Luego se dirigió hacia los otros y les preguntó—: ¿Queréis que despierte a Diagor y le avise de que habéis llegado?

Todos se volvieron hacia Silvana.

—No, mejor a la vuelta —decidió. Quería que su padre estuviera bien despierto cuando hablase con él.

—Bien, en ese caso, subid al carro —dijo Ciro—. Os acercaré a Sákara y desde allí podréis tomar el pasadizo del lado Norte. Es un poco tarde para que circuléis solos por la calle.

Así, pues, Bruno recibió de madrugada la visita de los muchachos, un mes después de su última entrevista. Durmieron allí y a la mañana siguiente desayunaron juntos. El grupo estaba bastante triste. El tiempo estaba pasando muy rápido y la hora de las despedidas empezaba a aproximarse. Tan sólo quedaba recuperar la sombra de Aldo y, luego, deberían separarse para siempre. Aldo y Ari no paraban de bromear y de pelearse, y las chicas les miraban, sonriendo con tristeza porque sabían que era su manera de combatir la pena por la inminente separación.

Bruno recorrió con su mirada el rostro de cada uno de sus invitados antes de centrarse en el único de ellos que todavía tenía una sombra defectuosa.

—Es tu turno, Aldo. Acércate a la luz, por favor. Quiero comprobar el estado de tu sombra.

El muchacho obedeció y, en cuanto su sombra se proyectó negra y poderosa en la madera del salón, Elene aprovechó para preguntar qué clase de árbol era. Aldo sonrió y contestó que un roble, que en el Sur había muchos porque eran árboles muy longevos y podían llegar a vivir cientos de años.

Elene recordó uno de los cuentos escoceses que su padre le leía antes de dormir. Hablaba de un druida que vivía en un bosque, en el interior de un roble y que se llegaba a convertir en el mago más poderoso del mundo.

—El roble era uno de los símbolos sagrados de los celtas —murmuró—. El más sólido y fuerte de los árboles.

Ari examinó la sombra de su amigo y se convenció aún más de lo que siempre, en realidad, había intuido: que una sombra cambiada no era, en absoluto, una sombra ajena. La silueta de aquel árbol definía hasta tal punto la personalidad de Aldo que se sintió orgulloso de haberse identificado durante catorce años con la sombra de *Fugaz*, aquel caballo noble y bello que había custodiado la tumba de su madre.

Bruno apartó la luz de Aldo y dijo:

—Muy bien, es hora ya de que conozcas tu historia, Aldo. ¿Sabes algo de tu madre?

Aldo negó con la cabeza.

—Mi padre y mi hermano se entristecían tanto cuando les preguntaba por ella que muy pronto dejé de hacerlo.

—No es una historia alegre, Aldo. Tu madre vivía muy sola en el lado Norte. Tus abuelos eran muy ricos; pero, como apenas pasaban tiempo con ella, se acostumbró a hablar con las flores y con los árboles de su jardín. Los trataba a todos por igual, pero había uno al que amaba más que a los otros. Era un roble enorme, fuerte y centenario al que llamaba *Rumor* y que se alzaba en un bosque cercano, a la orilla del mar. A tu madre le gustaba que su árbol viviera fuera de su jardín porque no quería que, al ver las rejas de la entrada, se sintiera como en una cárcel. Todas las mañanas lo visitaba y, mientras el árbol le ofrecía su sombra, ella se sentaba a su lado y le contaba sus penas y sus alegrías. Así fue pasando el tiempo y, mientras la chiquilla crecía, *Rumor* apenas cambiaba; su solidez se mantenía imperturbable ante el paso del tiempo, lo mismo que la amistad que compartían. Pero la desgracia acechaba tras aquella aparente calma. En el Norte, los árboles no son nadie y hubo quien un buen día decidió que el bosque estorbaba, que se necesitaban tierras para construir casas y que había que incendiar aquel lugar. Una calurosa mañana de agosto tu madre descubrió que el bosque había caído presa de las llamas y que *Rumor*, su árbol, había sido quemado.

Ari se sintió sobrecogido al escuchar aquello. Desde que conocía a Aldo, le resultaba impensable la idea de matar un árbol.

—Tu madre no lo pudo soportar y se dejó tentar por una historia que su abuela le había contado antes de morir. Era una leyenda extraña acerca de una grieta, la Garganta del Diablo, que existía en las montañas y que los ancianos decían que desafiaba las leyes del tiempo. Se echó una mochila al hombro y se encaminó hacia la lejana cordillera. Cuando se encontró frente a la garganta, no dudó. Atravesó la grieta del tiempo que sabía que le llevaría al pasado y se encaminó hacia el mar, hacia el lugar de la costa donde cientos de años después descubriría a *Rumor*. Al reconocer el punto exacto en el que se levantaba su árbol, se puso de rodillas y cavó, cavó y cavó. Se pasó dos meses cavando y desviando un arroyo cercano para que *Rumor*, en el futuro, estuviera rodeado de un agua que le sirviese para salvarse del fuego. Al volver al Norte, sin embargo, nada de eso existía. Entre tanto, el tiempo había creado y destruido miles de arroyos. Regresó y construyó entonces una empalizada alrededor de su árbol que pudiera protegerle en los años venideros; pero también fue inútil, tampoco el tiempo permitía que la madera de la cerca sobreviviera. Durante un año hizo muchas cosas que no tuvieron éxito y que no lograron salvar su árbol en el mundo del Norte. Apenas le quedaban ya fuerzas para luchar cuando ocurrió algo que le llenó de alegría. Estaba paseando por la costa del mundo del Sur cuando se dio cuenta de que, en el lugar en el que ella había estado trabajando tanto, acababa de nacer un pequeño arbusto. Se agachó, lo miró atentamente y entonces, al reconocerlo, lloró y rio al mismo tiempo. Acababa de presenciar el nacimiento de *Rumor*, el roble que siglos después se convertiría en su mejor amigo del Norte. Construyó a su alrededor un pequeño biombo de madera para que lo protegiera de las inclemencias del tiempo e impidiese que el viento lo tumbase, y decidió aceptar su destino y regresar a casa.

»Sin embargo, al volver al Norte, pronto se dio cuenta de que ya no tenía ningún sitio donde vivir. El tiempo se había cansado de ser magnánimo y había empezado a rendirle cuentas. Ni su casa ni el jardín existían ya y sus padres hacía tiempo que habían desaparecido. Abatida y desamparada, decidió entonces volver al Sur, al lugar donde, al menos, vivía su joven y todavía frágil árbol. Años después se enamoró de un pescador viudo y se sintió rejuvenecer. En el Norte, tan sólo había conocido el amor a través de la música de un joven soñador que se marchó de su lado para escuchar el sonido de las balas en las guerras. Prometió volver cuando lograse componer una sinfonía que alejara para siempre la violencia del corazón de las gentes. Pero nunca regresó. El pescador era justo lo contrario. Él no tenía sueños imposibles en su cabeza; él le ofrecía calor de hogar y, sobre todo, presencia. Y ella no pudo resistir el ofrecimiento y se casó con él.

»Un día, estando ya embarazada, sintió tan inminente el nacimiento de su hijo que no quiso que *Rumor* fuera el último en enterarse de que muy pronto su sombra tendría que cobijar a alguien más. Así que, andando con dificultad, se sujetó con ambas manos su abultado vientre y se encaminó hacia el bosque. Estaba todavía hablando con *Rumor* cuando se puso a llover torrencialmente y un rayo cayó sobre el árbol. *Rumor* recibió un latigazo lateral, pero tu madre cayó fulminada al instante. Herido, muerto de dolor por la pérdida de su amiga, la sombra se separó del árbol y os envolvió a ambos. Así te mantuvo con calor y con vida hasta que los demás pudieron salvarte, Aldo. El resto ya lo sabes. El mar se acabó tragando a tu padre. El tiempo fue implacable en su venganza.

Tras oír aquel final, nadie se atrevió a decir nada. Aquella historia, al igual que la de Ari, era muy triste. Bruno posó su mirada en Aldo y dijo:

—Pero quiero que tanto Ari como tú os sintáis, a pesar de todo, orgullosos de vuestras madres. Aunque se equivocaron y sembraron la desgracia a su alrededor,

235

no dudaron en arriesgar su vida por sus amigos. Fueron dos mujeres valerosas que trabaron amistad con dos seres que no eran humanos y les fueron leales hasta la muerte. Supieron entender el vínculo que la naturaleza establece entre los humanos, los animales y las plantas, y sólo por ello merecen todo nuestro respeto.

Ari y Aldo sintieron al unísono el efecto de aquellas palabras. Ninguno había conocido a su madre, pero ambos habían crecido con el peso de su ausencia. Ahora que aquel vacío se llenaba de historias, sentían como si, de alguna manera, aquellas figuras lejanas y borrosas se volviesen más reales, como si su corazón se llenase más de ellas.

Bruno se levantó y se despidió ceremoniosamente de cada uno. A los del lado Sur, probablemente, ya no les vería nunca más. Ari se percató de que tenía los ojos húmedos y pensó que quizás ayudar a jóvenes atrapados entre ambos mundos era una forma de ayudarse a sí mismo a sobrellevar la pena.

—Gracias por todo, Bruno.

—Mucha suerte, muchachos. Espero que consigáis encontrar vuestro camino.

Cuando los chicos cerraron la puerta, Bruno regresó al salón, cogió su carpeta y la estuvo acariciando un buen rato. Había dudado mucho si contarles todo lo que sus espías habían averiguado acerca de sus familias, pero finalmente había optado por callar. Al tiempo, a veces, le daba por escribir romances y tragedias que enredaban a los humanos y tan sólo conseguían que éstos se devanasen los sesos intentando desentrañar el significado de sus azares.

Abrió la carpeta y leyó un fragmento:

... cuando se produjo aquella explosión nuclear y, con ella, el salto del tiempo en el que nació Elene, había cuatro personas más en aquella parte del desierto: su madre, su padre y una pareja muy joven que observaba el eclipse de sol desde una colina cercana. Fueron ellos a los que Peter pidió que llamaran a la ambulancia. Aquella pareja, cuyos nombres aparecieron en el informe médico, eran el padre de Ari y la madre de Aldo, ambos procedentes del Norte. Se habían conocido aquel mismo verano cuando él pasaba unas cortas vacaciones en la costa. Él era músico y ella había nacido sin voz. Él soñaba con encontrar una melodía que pudiese cambiar a las personas que la escuchaban, y ella, con encontrar a una persona que pudiera entender su silencio. Poco después del salto del tiempo, se separaron y ambos escaparon del Norte buscando una melodía y una voz que no encontraban en su mundo. Nunca más se encontraron. Cada uno formó allí, en el Sur, su propia familia y vivió feliz hasta que el tiempo les exigió rendir cuentas por infiltrarse en un tiempo que no era el suyo.

Bruno cerró la carpeta y suspiró.

—El tiempo es implacable, nunca perdona a los humanos que infringen sus leyes —murmuró con tristeza mientras apagaba las luces de su casa, daba las buenas noches a los recuerdos de su mujer y de su hijo y se retiraba a dormir, arrebujado en su propia soledad.

21

En cuanto salieron de casa de Bruno y se adentraron en Sákara, Silvana buscó a Diagor con la mirada. Era la última vez que pisaba la fortaleza y necesitaba despedirse de él. Al distinguirle en la ventana de su torre, le dirigió una mirada tan intensa, que el señor de la fortaleza adivinó que su hija lo sabía todo. Le hizo un gesto para que subiera a la torre y Silvana obedeció al instante. Quería ver a su padre. Sabía que, a su manera, había procurado cuidarla todos aquellos años. La ventana de la torre seguía abierta cuando los de abajo distinguieron una silueta compuesta por dos personas enlazadas.

Al cabo de un buen rato, Silvana bajaba con los ojos brillantes por la emoción.

—Le he perdonado a Diagor lo que nos hizo a mamá y a mí. El tiempo es demasiado duro y cruel porque no entiende las motivaciones de los humanos. —Alzó la cabeza hacia la ventana y con la mano ondeó el último adiós a su padre—. Le he prometido que, si alguna vez tengo un hijo, vendré aquí y, al menos, desde el umbral de la puerta, podrá ver a su nieto.

Sus compañeros se fijaron en la bolsa que llevaba en la mano y Silvana, al darse cuenta, explicó:

—Son las joyas de la familia. Mi padre me las ha ofrecido para ayudarme a empezar mi nueva vida. Mi tío Frosen murió hace un año, así que ya no me queda nadie en el pueblo de mi madre que se ocupe de mí, ¿vamos? —preguntó, y sin esperar respuesta cruzó la puerta Sur y empezó a andar sin atreverse ya a mirar atrás. Si lo hacía, acabaría llorando y no quería empezar su futuro con lágrimas.

Al advertir la prisa de Silvana por alejarse de Sákara y del padre que dejaba atrás, Ari pensó, por primera vez, que cada persona afrontaba las despedidas de muy diferente manera y no por ello, necesariamente, con menos dolor. Buscó a Aldo con la mirada y se fijó en el rostro reflexivo y sereno de su amigo. ¿Por qué no podía ser él como Aldo y aceptar con resignación su destino? ¿Por qué su corazón tenía que encontrarse tan dividido, ya no entre el Norte y el Sur, sino entre el Norte de Elene y el Sur de Aldo?

La sombra de Elene tocó levemente su brazo y la impresión de aquel roce le sacó bruscamente de sus pensamientos. Ari alzó la mirada y, al encontrarse con la sonrisa traviesa de Elene, supo que no había sido casual, que su amiga quería que supiera que ella estaba allí, a su lado. Sonrió y ella le guiñó un ojo. Aldo sorprendió el cruce de miradas y se echó a reír, haciendo que ambos se ruborizaran al instante. Le dio una palmada amistosa a su amigo y, a grandes zancadas, se apresuró a alcanzar a Silvana. La chica iba tan deprisa al encuentro de su futuro que se estaba alejando demasiado de su presente, cosa harto peligrosa en el mundo del Sur.

Una semana más tarde divisaron por fin el mar de Aldo. Ari se quedó sobrecogido al contemplarlo. Era la primera vez que veía algo tan grandioso. Las olas, el color, el sonido... Era como un inmenso poema lleno de sabiduría.

—Si no durmieras tan bien en los aviones, habrías podido verlo antes —bromeó Elene.

Ari sonrió y murmuró:

—Prefiero verlo así, desde la altura de los humanos.

Aldo les condujo a la playa por la que había correteado de niño. La cabaña de Atom donde habían vivido los dos estaba vacía y los pescadores le explicaron que su hermano, al casarse, se había trasladado a la casa de su padre, que era bastante más grande que la suya.

—Está tan sólo a medio día de aquí —explicó a los demás, y se puso a andar por la playa siguiendo el rastro de espuma del mar, tal como había hecho su hermano el día en que supo que su padre había muerto.

A cada paso el corazón le palpitaba con más fuerza. Aldo no sabía lo que le esperaba al final de aquel camino de agua y arena. ¿Se alegraría su hermano al verle? ¿Se acordaría de que tenía un hermano pequeño? El griterío de unas risas infantiles le sacó de sus pensamientos. Alzó la cabeza y reconoció enseguida, en uno de los niños que correteaba al lado del faro, el rostro de su hermano. Le llamó y el niño se acercó sonriente. Era muy pequeño. Apenas tendría cuatro años.

—¿Dónde está tu padre?

El niño señaló el mar y Aldo se dirigió hacia allí y se sentó en la orilla a esperar el regreso de Atom. Los demás le observaban expectantes; todos sabían lo importante que era para Aldo aquel reencuentro.

Atom se acercaba con su barca a la orilla cuando vio la silueta de unos extraños en la playa. La sangre abandonó su rostro y remó con más fuerza. Sus dos hijos estaban solos con su madre. ¿Quiénes eran aquellos desconocidos?, se preguntaba ansioso. En aquellas tierras las visitas inesperadas no solían traer nada bueno. Apretó los dientes y bogó aún con más brío. Estaba asustado; en aquella playa estaban las personas que más quería en el mundo; le resultaba insoportable la idea de que alguien pudiera hacerles daño. Y de pronto, cuando aquel muchacho rubio se internó vestido en el mar, saliéndole al encuentro y llamándole por su nombre, el corazón le dio un brinco.

Saltó de la barca antes incluso de llegar a la orilla y gritó llorando:

—¡Aldo! —Y se abrazó a él—. ¡Estás vivo, Aldo! ¡Gracias a Dios!

Ambos hermanos se rieron y se revolcaron en el agua hasta que lograron saciar su añoranza. Aquella noche se reunieron todos alrededor de una fogata en la playa y comieron pescado mientras ambos hermanos se contaban lo que había sido de su vida desde la separación. La mujer de Atom era una joven rubia y rolliza que siempre estaba de buen humor y que les hacía sentir a todos como en casa con sus bromas y sus ganas de cebarles bien.

—Mañana te acompañaré al lugar donde descansan los restos de tu madre —dijo Atom tras escuchar la historia de su hermano—. Es hora de que conozcas a *Rumor*.

Así pues, a la mañana siguiente se levantaron todos con el amanecer y recorrieron en respetuoso silencio el sendero que ascendía a la colina, en cuya cima se divisaba ya la silueta de *Rumor*; allí, en lo alto del acantilado, oteando el mar y las gaviotas. Aunque era aún un roble joven, había algo en él: una grandeza, una prestancia que estremecían.

Aldo sintió un escalofrío cuando se encontró frente a frente con el árbol de su madre, aquel cuya sombra le había acompañado desde su nacimiento.

—Tu madre procedía de una región lejana, Aldo —explicó Atom—. Era muda pero hablaba con las flores y los árboles, y éstos la entendían. Cuando llegó a esta zona, construyó una pequeña cabaña y se asentó en el faro junto a este árbol. Pasaba horas y horas a su lado, escuchando el rumor de sus hojas con el viento. Nuestro padre, que desde que mi madre murió había perdido las ganas de vivir, se enamoró de la bondad de sus ojos y ella le aceptó. Antes de irme a vivir a la cabaña que me dejó mi madre, viví un tiempo con ellos y siempre me trató bien. Era una buena mujer, Aldo. Extraña, pero de buen corazón. Fue mala suerte que la tormenta le sorprendiera junto al único árbol de la costa y que le cayera un rayo. Aquel día murió tu madre y naciste tú, Aldo. Y tu sombra salió idéntica a la del roble. —Calló un momento para inspirar el aire de la colina—. Después de llevarte a Sákara, solía venir a menudo aquí. Ver tu sombra me reconfortaba.

Aldo alzó su vista hacia *Rumor* y sintió como si los ojos del árbol le devolvieran la mirada desde su copa. Luego se acercó y acarició su tronco con delicadeza, tan sólo con las yemas de sus dedos, pero no se abrazó a él.

Se volvió entonces hacia los otros, que se mantenían a una cierta distancia y, ante la sorpresa de todos, declaró:

—En mi caso, la sombra cambiada representa la amistad de mi madre por un árbol, así que no deseo renunciar a ella. Yo también amo a los árboles, no me puedo imaginar perdiéndola.

—Pero Aldo... —repitieron todos—. Éste es el país del Sur. Si te pillan, te matarán.

—No os preocupéis, me cuidaré.

Y a pesar de la insistencia de todos, nadie fue capaz de hacerle cambiar de opinión. Ari ni siquiera lo intentó; le conocía lo suficiente como para saber que no había nada que hacer, que si Aldo se empeñaba en algo sería porque tenía una buena razón para ello. Lo único que le inquietó fue la mirada que su amigo dirigía insistentemente hacia las olas del mar mientras hablaba.

Aquella noche durante la cena, Aldo inspiró hondo y se volvió hacia Atom:

—Quiero asentarme aquí, hermano.

—Te construiremos una cabaña cerca de la mía.

Aldo negó con la cabeza.

—Quiero que esté cerca del faro, cerca del árbol.

—Bien, no veo motivo para que no sea así. Arreglaremos la cabaña de tu madre. Está bastante deteriorada, pero la ampliaremos y conseguiremos hacerla habitable.

—Y luego construiré una barca bien grande para surcar los océanos —añadió con aire resuelto y soñador.

Silvana le miró con tristeza. Aquellos planes que no la incluían le hacían recordar que el momento de las despedidas estaba próximo. Pero Aldo captó su tristeza y enseguida le preguntó:

—¿Te gusta tu nuevo hogar?

—¿Mi nuevo hogar?

—Tú no tienes ningún sitio adonde ir. Te quedarás conmigo —dijo impulsivamente. Luego se ruborizó por lo imperioso que había sonado su acento y añadió—: Bueno, si tú quieres.

Silvana sonrió, feliz.

—Claro que quiero.

—En tal caso, construiremos otra habitación en nuestra cabaña —intervino la mujer de Atom.

—¿Qué? —replicó Aldo sin entender—. Mi cabaña será suficientemente grande como para...

Atom se echó a reír.

—Esto es el mundo del Sur, hermano. Esta chica se ha quedado sola en el mundo y ni siquiera a ti, que eres mi hermano, te dejaré comprometer su reputación. Dormirá con nosotros y, si el tiempo decide que en vez de amigos seáis otra cosa, se irá a tu cabaña.

—Tras pasar por la vicaría —puntualizó la mujer de Atom con los brazos en jarras.

Aldo se sonrojó hasta las orejas y todos se rieron. Por muy sabio que fuera, Aldo, en ciertas cosas, todavía era un niño y no pensaba en el futuro como los adultos.

Aquellos últimos días que pasaron en el Sur fueron inolvidables para todos. Si no hubiera sido por la sombra de la despedida, aquella época habría sido una de las más felices de su vida. Aldo y Ari no paraban de perseguirse y de jugar entre las olas mientras las chicas estrechaban aún más sus lazos con ellos.

Pero el tiempo pasó y el momento de las despedidas acabó por llegar. Ari y Elene debían marcharse y regresar al mundo al que pertenecían. Era imposible seguir posponiéndolo. Las diez semanas que el tiempo les había concedido tocaban a su fin.

El día de la partida amaneció nublado. Aldo y su hermano sacaron de la cabaña el equipaje de sus amigos. Silvana y la mujer de Atom, una bolsa con comida. Los niños les rodeaban corriendo y gritando. Sus risas, al menos, suavizaban la pesadez del silencio que les envolvía.

Ari tragó saliva y se acercó a Silvana. Le cogió ambas manos con fuerza y le dijo:

—Cuida de mi amigo, Silvana.

—Lo haré.

—Siento lo difícil que te lo he puesto a veces, yo...

Pero no pudo acabar la frase porque Silvana se le echó al cuello y le abrazó.

—No importa, Ari. Puedo perdonar a quien comete errores por querer demasiado a alguien.

Ari la miró con afecto. Silvana había sido una persona triste y atormentada durante muchos años, pero su rostro se iluminaba cuando veía a Aldo. Eso era lo único que contaba.

Elene se separó de Aldo después de darle un beso y Ari se acercó a su amigo y sintió un nudo en la garganta. Era incapaz de decir nada. El corazón le palpitaba tan fuerte que apenas podía pensar. No podía creer que estuviera despidiéndose de Aldo para siempre.

—Mucho antes de que tú nazcas, el tiempo ya me habrá dejado atrás —dijo Aldo con la voz quebrada—. Pero, aun así, amigo, acuérdate de mí cuando pasees por un bosque de robles.

Ari sintió que una parte de sí se quedaba en aquel abrazo último que no pudo dar a su amigo. Sabía que si se lo daba, ya jamás podría marcharse de allí.

ALDO

Recuerdo que, cuando vi la espalda de Ari perderse junto a Elene en la lejanía, sentí que el mundo se me desmoronaba. Percibí la mano de Atom en mi hombro, el abrazo de Silvana, las manitas de mis sobrinos agarrándose a mis piernas, pero de nada sirvió. Aquel día no, quizás el siguiente o el otro surtieran su efecto; pero en aquel momento en que la mente se me llenaba de los recuerdos de Ari, acumulados en los siete años que habíamos vivido en Sákara, nada amortiguaba el dolor, nada podía compensar la pérdida.

Han pasado catorce años desde entonces. Silvana y yo nos casamos y nos trasladamos a vivir a la casa del faro. El invierno pasado tuvimos un niño. Han sido años felices y difíciles también.

La añoranza por mi amigo iba y venía como el agua de las mareas. A veces, el abismo que nos separaba se me hacía gigantesco y nada me ilusionaba, convencido de que jamás le volvería a ver. Otras, sin embargo, mi mirada se quedaba fija en el mar, ese mar que había matado a tantas personas, entre ellas a mi padre, y el vaivén de sus olas conseguía calmarme.

Hoy es el gran día. Silvana ha venido a despedirme con lágrimas en los ojos. Lleva a mi hijo en brazos y no está de acuerdo con lo que hago, pero sabe que no puedo dejar de intentarlo. Echo una última mirada a mi esposa y a mi hijo, un niño con el que el cielo tenía que bendecirnos antes de que yo me decidiera a emprender algo así. La silueta de ambos se queda impresa para siempre en mi memoria. Me adentro en el mar con mi nueva barca y enfilo la proa hacia el horizonte, hacia mi destino.

SILVANA

Han pasado los años y ahora sabemos que nuestras sombras no eran más anormales que las de los demás; tan sólo eran sombras valerosas que no dudaban en mostrarse tal cual eran, sin disfraces ni subterfugios. Ahora sabemos que la gente cuya sombra parece normal puede ocultar, sin embargo, mucha tristeza. Porque casi nadie tiene una sombra perfecta, os lo aseguro. Hay muchos a quienes su sombra les pesa tanto que apenas pueden avanzar; otros, que caminan con poco menos que un cadáver pegado a los pies, y aún los hay que no se atreven a ser lo que sus sombras saben que son. Y a todos les intentamos ayudar porque una cosa que aprendimos en nuestro viaje es que nadie puede ser feliz si no se lleva bien con su sombra, porque la sombra es la parte de nosotros mismos que ofrecemos a los demás.

Hemos vivido durante años en este sitio apartado, intentando ocultar la sombra de Aldo que no acaba de tranquilizarse y siempre parece agitada por un viento imparable que sólo sopla dentro de él.

Hoy el tiempo, mi tiempo, se ha parado y no correrá otra vez hasta que Aldo regrese de nuevo a mí. Porque Aldo se va, se va hoy y sólo espero que regrese, que ese mar voluble e inconstante me lo devuelva sano y salvo.

Nuestro hijo ha agitado su manita hacia las olas aunque todavía no entiende lo que significa decir adiós. Su padre sí me ha escrito una despedida en sus labios porque él, que sí que entiende lo que significan las separaciones, sabe que tal vez no regrese jamás.

ELENE

Han pasado muchas cosas desde que abandonamos para siempre el mundo del Sur. Papá aceptó a Ari como si fuera un hijo y, con la ayuda de Diagor, arregló los papeles para solucionar el problema de su falta de identidad en el Norte. Con el tiempo, todos nos acabamos convirtiendo en defensores de los árboles y de los animales salvajes. En el mundo del Norte es algo muy necesario porque la gente ha olvidado el vínculo que existe entre el hombre y los demás seres vivos y corre el peligro de perder demasiadas cosas valiosas. A Ari le ha ayudado mucho invertir su energía en defender la naturaleza. Porque él, incluso más que yo, necesitaba hacerlo en memoria de Aldo. Nunca ha podido entender que en el civilizado mundo del Norte, el lugar que se suponía que había sobrevivido a la barbarie, se destruyese impunemente, sin ningún remordimiento, tantos árboles, tantos seres con el mismo carácter que Aldo, capaces de dar tanto a cambio de tan poco, capaces de ser felices en cualquier sitio.

Cada vez que veo un caballo suelto, no puedo evitar

abrazar a Ari porque me acuerdo de cuando su sombra era así y se sentía tan solo. Ahora su sombra parece normal, pero yo sé que es tan sólo una apariencia. Es como si, de alguna manera, se hubiera quedado en suspenso, a la espera de Aldo. Como si, a pesar de todo, todavía aguardase que en algún momento, en algún lugar, se produjese el reencuentro.

Y eso, aunque lo entiendo, me entristece porque no consigo tenerle del todo conmigo, a mi lado.

ARI

No abracé a Aldo aunque Elene me suplicó que lo hiciera, pues de lo contrario lo lamentaría toda la vida. Pero no lo hice porque no pude, porque los impulsos no entienden de razones.

A medida que pasaban los años, la vida me demostró cuánta razón tenía Elene. No pasaba ni un solo día que no lamentase mi decisión. Mi amigo Aldo se había quedado atrás, en el pasado, y yo no podía hacer nada por cambiar aquel último momento en el que no me pude llevar de él ni ese abrazo.

Elene y yo nos casamos y nos fuimos a vivir a su casa de Escocia. El día en que nació mi hijo fue uno de los más felices de mi vida. No podía creer que de nosotros, de quienes una vez tuvimos las sombras cambiadas, pudiera surgir una vida. Le llamé Aldo. No podía llamarse de otra manera.

El día de su bautizo, en cuanto me desperté, recordé que mi amigo iba a ser su padrino y me sentí pequeño, entristecido por las promesas que el tiempo impedía cumplir.

Salí a la pradera. Todavía quedaban en el cielo los atisbos del amanecer; iba a ser un día precioso. Recordé el momento en que Aldo había estado allí, recorriendo sus bosques, sus prados, enamorado de su colina. Y fue entonces, cuando mis ojos reproducían sus paseos de aquellos días y su sonrisa se superponía a las praderas, cuando me di cuenta, así de pronto, de que algo había cambiado y sentí que un escalofrío recorría mi espina dorsal. ¡No podía ser! No, no podía ser, pero si tal vez...

Eché a correr como un loco, casi a cuatro patas, hacia la cima de la colina. ¡Allí había un árbol que el día anterior no estaba! ¡Allí estaba, sin duda, *Rumor*, el roble de mi amigo! Pero no estaba seguro. Porque su sombra, surgida de la luz del amanecer, era alargada y distorsionaba los contornos. Sólo al llegar arriba pude comprobar que, efectivamente, aquella sombra era humana. Al reconocer la silueta de mi amigo caí de rodillas y me eché a llorar, extendiendo los brazos encima de ella para así, aunque tarde, poder abrazarle. Los pensamientos martilleaban sin cesar en el interior de mi cabeza, componiendo y borrando ideas sin descanso. Recordaba que Aldo, a pesar del riesgo que suponía en el mundo del Sur, había renunciado a intercambiar su sombra con *Rumor*. Ahora, por fin, entendía la razón. Mi amigo había logrado construir aquella barca que tantas veces prometió mirando al mar y en ella había trasladado su árbol a Escocia, a aquella colina impoluta que sabía que los siglos no destruirían. No podía imaginarme cómo se las habría arreglado para trasladar algo así kilómetros y kilómetros, para salvar un océano en una época en la que casi nadie se atrevía a encarar los monstruos del mar. Pero lo había hecho. Había tardado años en conseguirlo, pero lo había hecho. Aldo tenía la paciencia de un árbol y sabía que, al contrario que los humanos, los robles vivían mucho tiempo y que *Rumor* aguardaría siglos nuestro reencuentro; que aquélla era la única forma de no separarnos jamás.

Bajé a trompicones hasta la casa. Elene estaba preparando todo para la fiesta de la tarde. La alegría me desbordaba, me salía por todos los poros. Me planté en el centro de la cocina y grité, como un loco, que el bautizo se adelantaba, que lo celebraríamos antes. Elene no sabía qué pensar porque en mi confusión no era capaz de traducir en palabras lo que sentía. Se enfadó mucho conmigo porque todo estaba ya organizado para la tarde, pero finalmente consintió. El sacerdote del pueblo se negó a subir a la colina; pero, después de ir a la ciudad, encontré a un cura joven, de buen corazón, que se apiadó de mis lágrimas porque no le dije que eran de felicidad y se ofreció a bautizar a mi hijo donde yo quisiera.

Regresé con el cura a la casa. Tomé a mi hijo en brazos y me encaminé hacia la colina. Elene me seguía aún sin entender nada. Hacía tanto tiempo que no me veía tan contento que, simplemente, mi felicidad le compensaba su incomprensión. La miré, sonreí y levanté el brazo apuntando la cima de la colina. Ella alzó la vista y, cuando vio el roble en la cima, pegó un respingo y se tapó la boca. Yo asentí sonriendo y ella me agarró con fuerza del brazo y aceleró el paso. Al llegar arriba le pedí que sostuviera al niño y que entretuviera al cura mostrándole el paisaje de los lagos. Y allí, a la sombra del árbol, esperé que el sol de mediodía cayera sobre él.

Así presencié cómo la sombra de Aldo se levantaba del suelo y al unirse con el árbol se convertía en mi amigo. Lo miré, le acaricié el rostro, las lágrimas que surcaban sus mejillas, su sonrisa, le abracé riendo, llorando; no sabía qué decir.

—Ari, amigo mío. Cuánto tiempo...

—Dios santo, Aldo. Estás vivo... ¿Qué tal Silvana?, ¿qué tal tú?

—Nos casamos, Ari, tengo un niño tan feo como tú.

Le pegué una puñada amistosa y junté mi frente con la suya. Estaba crecido, era diferente, no era el mismo de siempre. No podía contener la alegría por verle de nuevo.

Hubo de pasar mucho tiempo antes de que decidiera separarme un instante de él y volverme hacia Elene, que nos miraba con las mejillas surcadas de lágrimas, tan emocionada como yo. Tomé al niño de sus brazos y se lo tendí a mi amigo. Aldo sujetó su cuerpecito con maña, se notaba que había sido padre, y pronunció unas palabras enigmáticas:

—Es increíble lo que se parece este niño a Silvana. Y mi hijo a ti, Ari.

No entendí nada, pero tras catorce años de ausencia, mi amigo podía decir lo que quisiera. Me volví hacia el cura.

—Sacerdote, bautice a mi hijo. Por fin ha llegado su padrino. Ha recorrido un largo camino, surcado un inmenso océano, pero ha llegado a tiempo, tal como me prometió hace cientos de años.

El sacerdote sonrió pensando que aquellas palabras eran una broma o una metáfora. La ceremonia se celebró y yo no podía apartar la vista de mi hijo, de Aldo, dando gracias al cielo por aquel sol de mediodía que había brillado sin tregua el día del bautizo de mi hijo y había hecho posible traerme a Aldo desde el Sur.

Aquella misma noche, ya en la cama, me incorporé de un salto y entendí de repente las palabras de mi amigo. Así que, al día siguiente, en cuanto oí que el tiempo anunciaba lluvias para toda la semana, en uno de mis impulsos decidí que Elene y yo tomaríamos un avión y atravesaríamos el océano para visitar la costa donde habían vivido Aldo y Silvana. No era la primera vez que íbamos. Muchos años atrás habíamos buscado los lugares de aquel pasado feliz que compartimos una vez todos juntos, pero estaba todo tan cambiado que no lo reconocimos como nuestro y enseguida huimos. Sin embargo, hacía un año, habíamos visto en un documental que el antiguo cementerio del pueblo de Aldo era precisamente uno de los mejor conservados del país. Ni siquiera se nos había ocurrido preguntar por él en nuestra anterior visita. Aquel cementerio no formaba parte de nuestros recuerdos.

Con el cambio horario, era ya tarde cuando aterrizamos y llegamos a nuestro destino, pero yo no tenía paciencia para aguardar al día siguiente. Me puse un impermeable y me acerqué a la ermita del pueblo. El cementerio era lo único que quedaba de la época en que Aldo y Atom habían vivido allí. Salté la valla y me adentré entre las hileras de tumbas. Iba con la linterna apuntando aquí y allá, buscando no sabía muy bien qué cuando, por fin, supe que lo había encontrado.

Allí estaba la lápida que buscaba. Aldo, casado con Silvana, y a su alrededor, las lápidas de sus hijos. Sus hijos, me repetí risueño. Tras trasladar a *Rumor* a Escocia, Aldo había conseguido regresar sano y salvo a Silvana. Pero en lo que me fijé, sobre todo, fue en su apellido. Nunca había sabido cuál era el apellido de Aldo y jamás imaginé que fuera el mismo que el mío. Sákara ocultaba esos datos de los internos.

Recordé el día que me reencontré con *Fugaz* en el cementerio de mis antepasados. Aldo debió de quedarse perplejo al reconocer su propio apellido, un apellido nada usual, en la lápida de mi abuela. Sí, sé que suena raro que yo no tuviera el apellido de la línea masculina de la familia, pero había una explicación: cuando mi padre y mi abuelo fueron ahorcados por el robo de *Fugaz*, fue el apellido de soltera de mi abuela el que me impusieron. Era lo que solía hacerse en aquella región cuando alguien cometía un crimen. Se intentaba borrar su rastro del mapa.

Me apoyé en la lápida y me di cuenta hasta qué grado mi locura había estado a punto de destruirnos a todos. Aquellos que lidiamos una vez con nuestra sombra pertenecíamos todos a la misma familia. Si hubiera desafiado el poder del tiempo y prolongado más allá de las diez semanas mi estancia en el Sur, mi osadía seguramente nos hubiera hecho desaparecer a todos.

Sentí el contacto de la mano de Elene dentro de la mía. Durante todo aquel tiempo había estado caminando tras de mí, respetando mi silencio. Le señalé la lápida y le dije en voz muy baja, casi asustada:

—Elene, Aldo era mi antepasado.

—Y Silvana también —murmuró ella al leer la inscripción—. Siempre me pregunté cómo era posible que tus ojos se parecieran tanto a los de Diagor, pero en castaño.

Empecé a leer las lápidas de todos los que tenían mi mismo apellido, los que de alguna manera representaban el futuro de Aldo, y me estremecí. Pobre amigo mío. Quería estar allí, a su lado, apoyándole, cuando todo aquello que estaba escrito acabara formando parte de su vida.

Me agaché y acaricié su nombre con las yemas de los dedos, una y otra vez hasta casi percibir el contacto con su dueño.

Aldo, mi antepasado, el que sólo se decidió a arriesgar su vida y atravesar un océano cuando hubo asegurado mi existencia a través de su hijo, un niño que se parecía tanto a mí que por fuerza debía ser mi antepasado.

Aldo, mi amigo, el que en su juramento sólo había dicho que sí a las reglas del tiempo; porque él jamás se rindió; jamás pensó que no se pudiera cruzar un océano o mil siglos para encontrarme; jamás se resignó a perderme.

Aldo, el roble, el que como árbol era sólido pero como humano era eterno.

Tan eterno como aquellas letras de su nombre escritas para siempre sobre la piedra y sobre mi corazón.

DIAGOR

Me llegó un mail al ordenador de mi despacho, un mail de Ari en el que me comunicaba la gran noticia. Elene y él acababan de ser padres. Bueno, en realidad, la frase decía así: «Felicidades, Diagor. Acabas de tener probablemente un bisnieto del bisnieto del bisnieto... de Silvana. El pequeño Aldo es así de guapo.» Y me adjuntaba una foto de un recién nacido arrugadito y un poco feúcho que sonreía en sueños y me llenó de ternura.

Estuve un buen rato contemplando la imagen de aquel bebé. ¿Era posible que al fin hubiera desaparecido la maldición que pesaba sobre mi familia? Porque eso era precisamente lo que la voz me había dicho. «La supervivencia de tu hija estará asegurada cuando la línea de su descendencia llegue hasta tu presente.» Y Ari, el último descendiente de Silvana, acababa de tener un hijo muy lejos, al otro lado del océano, pero en mi mismo lado del tiempo.

—El tiempo te ha perdonado, Diagor —me confirmó la voz—. Tuviste una hija fuera del tiempo, una hija del Norte en el lado Sur. Tu estirpe había de regresar al Norte, al lugar adonde tú pertenecías. Y así ha sido. Ese niño nacido en el Norte, de padres del Norte, acaba de restaurar el equilibrio perdido.

—¿No volverá entonces a cambiar la lápida de mi hija? —le pregunté con cierto temor.

—Nunca.

Ebrio de alegría, telefoneé inmediatamente a Nat y le pedí que fuera al cementerio, que necesitaba comprobar si la lápida de mi hija había cambiado. El mundo se me desmoronó cuando Nat me devolvió la llamada aquel mismo día. «Diagor, amigo mío, lo siento de veras», me dijo al colgar.

Bajé tambaleante al sótano, a la cámara de Sákara. Me sentía herido, engañado. Golpeé con todas mis fuerzas el altar de piedra y caí de rodillas, desgarrado por el dolor. Mi mano sangraba pero no era esa herida la que me atormentaba.

—¡Maldito sea el tiempo y sus vanas promesas! —sollocé.

—Cálmate, Diagor. El tiempo ha cumplido su promesa, pero la vida en el Sur es dura. Tu hija no podrá sobrevivir al segundo parto. Sabes que la medicina del Sur es precaria. Y eso no son leyes que imponga el tiempo; son leyes de vida.

—¡A mi hija tan sólo le queda un año de vida! ¡¿Para eso me he sacrificado tanto?! —aullé sin poder contener la rabia—. ¡¿Para eso me he recluido aquí durante tantos años?! ¿Para que al final acabe muriendo tan joven?

—No es potestad del tiempo el conceder más o menos años de vida a nadie, Diagor. Intenta aceptar la suerte que te ha tocado. Tu sacrificio le ha permitido a tu hija tener una vida y, sobre todo, existir y no desaparecer de repente. Tu hija es ya real, Diagor. Alégrate por ella y alégrate también por ti. Ahora puedes decir que tienes una familia. Hasta ahora sólo tenías seres que un día eran tuyos y al día siguiente desaparecían, sustituidos por la presencia de cualquier otra de las posibilidades de tu pasado o de tu futuro.

Sentí que las lágrimas corrían por mi rostro. Me sentía culpable de haber tenido una hija en el Sur y haberla abandonado a merced de las enfermedades y de la falta de progreso. El mundo del Sur era cruel, se llevaba a las mujeres cuando éstas creaban vida.

—¿Piensas realmente que en la balanza de la vida tiene más peso la cantidad de años vividos que la calidad de lo sentido? —continuó la voz—. Tu hija ha sido feliz junto a Aldo todo este tiempo, en un mundo duro pero hermoso.

Suspiré e intenté resignarme a aquella realidad. La última vez que había visto a Silvana le había ofrecido la oportunidad de ser la futura señora de Sákara, pero ella había renunciado a aquel honor. Aldo ocupaba demasiado espacio en su corazón.

Me quedé en silencio y dejé que el aire fuera secando lentamente las lágrimas que surcaban mis mejillas. El otro dolor tardaría bastante más en desaparecer. Era una suerte que los humanos sólo pudieran conocer su futuro una vez lo alcanzaban; no le deseaba a nadie la angustia que estaba sintiendo yo en aquel momento.

—Nunca me lo has dicho, voz —comenté finalmente—. ¿Por qué los elegiste a ellos? ¿Por qué precisamente a ellos?

Yo le había propuesto dos grupos de chicos antes

que aquél. Y en todos ellos había un posible futuro para Silvana. Mi línea de descendencia era tan inestable que cada día cambiaban sus posibilidades. Mis posibles descendientes se contaban por millares. Cada instante aparecía y desaparecía uno nuevo, como si, en vez de seres de carne y hueso, fueran bocetos de un pintor que no cesara de dibujar y de borrar, obsesionado por encontrar el rostro buscado, aquel que fuese más real.

—Pero Diagor... —pronunció la voz con incredulidad—, ¿aún piensas en serio que podrían haber sido otros?

Sus palabras me desconcertaron. Abrí la boca, pero antes de llegar a formular una sola pregunta, la voz se me adelantó.

—Reflexiona un poco, anda —me invitó.

La cámara enmudeció y yo llené aquel vacío repitiendo todas las conjeturas que mi mente había tejido a lo largo de los años.

Sabía que el propósito de mi padre, desde que había abandonado Sákara, era recuperar a mi hermano, lo cual suponía, inevitablemente, deshacer todo lo que yo había provocado, incluyendo el nacimiento de mi propia hija. Aquel salto del tiempo que mi padre conjuró en el desierto tenía, por fuerza, la misma intención: eliminar a Silvana. Pero algo le salió mal. Mi padre, en su insensatez, invocó las fuerzas oscuras del tiempo coincidiendo con un eclipse de sol, un instante en que el poder de la luna es tan grande que se atreve incluso a desafiar al sol. Cuando apareció muerto en el desierto, los médicos, perplejos, no cesaban de repetir que era imposible, que nadie podía morir de radiación lunar y mucho menos en la tierra. Pero así fue. Y todas las personas que se encontraban accidentalmente en aquel lugar durante el salto del tiempo contribuyeron, de una u otra forma, a asegurar la existencia de Silvana, poniendo en el mundo un niño que la ayudara a lograrlo. Así nacieron Elene, Ari y Aldo. Era como si la luna, para vengarse de la insolencia de mi padre, hubiera urdido un anticonjuro que desbaratase todos sus planes.

Al final, cansado ya de rumiar a solas mis pensamientos, decidí expresarlos en voz alta. Aún no había acabado de hablar del cercano parentesco entre Ari y Aldo —la abuela de uno era la nieta del otro— cuando las carcajadas de la voz resonaron por toda la estancia.

—Diagor, no estarás pretendiendo en serio entender al tiempo, ¿verdad? Su lógica resulta inalcanzable para vosotros, los mortales. Se entretiene en bucles y rizos infinitos, cuyo rastro se vuelve invisible a vuestros ojos. No puedes investigar el pasado de Ari o el futuro de Aldo. Puede que ni siquiera ellos mismos recuerden su infancia exactamente igual que cuando estaban aquí. Lo único cierto que hay en sus recuerdos es lo que vivieron en Sákara, fuera del tiempo, y su amistad, Diagor, sobre todo, su amistad.

Me quedé aturdido. No entendía adónde quería llegar.

—Nunca desprecies el valor de la amistad ni del amor, señor de Sákara. Pueden ablandar incluso las barreras del tiempo. Las personas se mueven hacia aquello que les acerca a lo que aman. Ari sólo se decidió a abandonar el lado Sur cuando llegó a amar a alguien del Norte. Silvana sólo pudo tener un futuro cuando su sombra se arriesgó a amar y a ser amada. Aldo sólo pudo asegurar la supervivencia de su mejor amigo cuando su corazón eligió proteger la atormentada sombra de Silvana... —La voz suspiró—. A veces, los humanos hacéis uso de fuerzas que hacen tambalearse al mismísimo tiempo.

Me alejé en silencio, abrumado a la vez por la pequeñez y por la grandeza del ser humano. Salí al patio de armas. Allí estaban la puerta Norte y la puerta Sur. La puerta hacia el pasado y la puerta hacia el futuro. Y en los otros dos lados, las puertas secretas del Este y del Oeste. Los lugares por donde salía y se ponía el sol cada día. Aquel sol que, al llegar el mediodía e irradiar su luz en vertical sobre la torre central, permitía que la sombra de la piedra se fusionara con el espíritu de Sákara y el tiempo concediera sus dones a los mortales. Aquellas puertas, al menos, aún no me habían sido vedadas...

Subí al salón y me senté, allí, al lado de la chimenea, contemplando silencioso el fuego mientras me preguntaba si el tiempo me concedería el deseo de poder conocer más a mi nieto; aquel bebé que Silvana me había mostrado desde el umbral de la puerta Sur un año atrás; el que ahora, realmente, podía considerar mi nieto porque el tiempo ya no anularía jamás su existencia. La voz no podría negarse, me convencí a mí mismo. Al fin y al cabo, Sákara necesitaba un sucesor. Y mi nieto o el hijo de Ari eran los únicos que podían asumir esa herencia.

—Señor.

Permanecí inmóvil. No me sentía con fuerzas para responder al deber de mi cargo como señor de Sákara. En aquel momento, tan sólo era un hombre.

—Señor.

—¿Qué ocurre? —repliqué finalmente.

—Unos hombres del Sur acaban de traer a un niño. Está muy magullado y tiene la sombra hecha jirones.

Le miré un buen rato, debatido entre mi propio dolor y sus palabras, y al final suspiré y me levanté:

—Ahora mismo bajo.

—Señor, ¿preparo la bolsa de monedas?

—Por supuesto, y añade diez monedas más —dije con resolución—. Que corra la voz de que el señor de Sákara es generoso con sus recompensas. Que todos sepan que resulta más rentable traer aquí a un niño endemoniado que librarse de él en la oscuridad de un establo.

ARI

Me he convertido ya en un anciano a quien le gusta contar a su nieto historias de Aldo, el chico con sombra de árbol que desafió todo menos el tiempo. Mi nieto me pregunta entonces, aunque ya sabe la respuesta porque se la he contado mil veces, por qué todo menos el tiempo, y yo le contesto que porque Aldo sabía que éste vivía dentro de nosotros y que uno no puede jugar con las cosas que le mantienen con vida. No se juega con el corazón, ni con el aire, ni con el tiempo. Mi nieto me pregunta entonces que cómo era y yo sonrío y le hablo de mi amigo. Aldo nunca gritaba, nunca se quejaba; simplemente aguardaba a que el viento le rumoreara respuestas que luego él asentaba en la tierra con sus raíces.

Luego le hablo de la muchacha sin voz que viajó al pasado porque no soportaba oír el crepitar del fuego sobre la piel de su árbol; del caballo que no quería matar a nadie ni participar en las guerras de los hombres; de la chica que buscó su sombra en el país donde había caído la muerte blanca. Y mi nieto sonríe y no le importa oír las historias una y otra vez, porque son historias tan bonitas que casi parecen cuentos, y eso que él sabe que ocurrieron de verdad porque son las historias de sus antepasados. Pero ni eso, ni que la realidad haya tocado sus cuentos, hace que pierdan para él ni una pizca de su encanto.

—Cuéntame lo de los nietos, abuelo —me pide siempre. Le encanta el momento en que puede participar él también en la historia.

Yo sonrío, me aclaro la voz y le cuento:

—El día que Aldo tuvo su primera nieta, yo me reí con él hasta el amanecer, y cuando tú naciste, las ramas de aquel árbol de la colina se agitaron durante dos días de la risa. Nos parecía increíble que la vejez hubiera acabado alcanzándonos —sonreí con nostalgia—. A los catorce años nos imaginábamos eternamente jóvenes.

Y mi nieto se marcha corriendo hacia la colina porque le encanta pensar que nació con las risas de un árbol.

Elene ha envejecido junto a mí y nunca me he arrepentido de haberla elegido como compañera. Antes de casarnos, ambos buscamos destinos diferentes pero siempre acabábamos regresando el uno al otro; siempre añorábamos la luz de aquella noche en el lago cuya magia sólo encontrábamos en nuestras miradas.

A los dos nos ha gustado siempre viajar y aunque los años han calmado nuestro antiguo vigor, aún encontramos placer en explorar parajes vírgenes que nos recuerdan el precioso paisaje del mundo del Sur y nos permiten alzar la voz para protegerlos. Pero siempre que visitamos nuevos países, lo hacemos en invierno cuando el paisaje de Escocia está tan nublado que ninguna sombra puede florecer.

Y es que todavía hoy que mis sienes se han vuelto grises y la piel ha perdido su tersura, cuando el sol se vuelve temperamental y vehemente, y su luz cae como una cascada sobre el árbol de nuestra colina, yo aún me levanto de mi mecedora, tan ilusionado como un niño, y me dirijo hacia allí con paso renqueante. Y cuando llego a lo alto de la colina, me olvido del tiempo y me quedo allí, abrazado al tronco, hasta que lo siento convertirse en el abrazo de Aldo, mi amigo, mi antepasado, mi hermano del Sur.